Heike Wendler

Weihnachtskatz
& Lamettaglanz

Neue Katzengeschichten

Bibliografische Information der Deutschen Nationalbibliothek
Die Deutsche Nationalbibliothek verzeichnet diese Publikation in der
Deutschen Nationalbibliografie; detaillierte bibliografische Daten sind im Internet
über http://dnb.d-nb.de abrufbar.

Besuchen Sie uns im Internet unter:
www.st-benno.de

Gern informieren wir Sie unverbindlich und aktuell auch in
unserem Newsletter zum Verlagsprogramm, zu Neuerscheinungen
und Aktionen. Einfach anmelden unter www.st-benno.de.

ISBN 978-3-7462-4138-8

© St. Benno Verlag GmbH, Leipzig
Umschlaggestaltung: Ulrike Vetter, Leipzig
Coverbild: © Evart/shutterstock
Gesamtherstellung: Arnold & Domnick, Leipzig   (A)

Inhalt

Weihnachtskatz & Lamettaglanz

Molly erzählt

Es schepperte – und aus war es mit meiner Ruhe! Instinktiv wartete ich darauf, dass gleich etwas zu Boden polterte und Lukas auf-
kreischte. Seit unser Zwerg dabei war, die Wohnung auf zwei Beinen zu erkunden, war nichts und niemand mehr vor ihm sicher.
Doch das Poltern blieb aus und Lukas schrie auch nicht. Richtig,
erinnerte ich mich, Janina war ja vorhin mit ihm weggegangen.
Nun kam das Gerumpel auch noch näher, die Wohnzimmertür
wurde unsanft aufgestoßen, dann stand Alexander keuchend vor
mir.

„Vorsichtig!", rief er jemandem zu, den ich noch nicht sehen
konnte.

„Und du, Molly, geh da mal weg, ja?" Er kauerte sich vor
meinem Katzenkörbchen, das seinen festen Platz direkt neben
der Balkontür und damit in der besten Ecke des Zimmers hatte,
nieder und wedelte mit einem Leckerli vor meiner Nase hin und
her. Diesen Trick hatte er sich von Janina, meinem Frauchen und
allerliebsten Menschen auf der ganzen Welt, abgeguckt und er
funktionierte blöderweise immer. Reflexartig erhob ich mich und
schnappte danach, im gleichen Moment griff er zu und trug mich
aus dem Zimmer. So verdutzt wie ich war, vergaß ich glatt, mich
zu wehren. Er setzte mich in der Küche ab, denn im Flur rumpelte
es nun gewaltig. „Bleib schön hier!", verlangte er. „Ich habe nämlich eine gigantische Überraschung für dich!"

Etwas verunsichert blieb ich zurück, als er die Tür hinter sich
schloss. Als er das letzte Mal von einer Überraschung sprach, erschien wenig später Lukas in unserem Leben. Und der war bis
heute geblieben, immerhin wuchs er nun zumindest, wie Alexander versprochen hatte. Allerdings recht langsam, schließlich war
in zwei Tagen Weihnachten und der Zwerg war schon über ein

Jahr bei uns! Und das mit dem Spielen klappte bislang auch nur
bedingt, wenngleich Lukas und ich eine gemeinsame Vorliebe für
diesen knallroten Ball hatten, den wir zu gern hin und her schubs-
ten. Neugierig tigerte ich hinter der Küchentür auf und ab, das
Gepolter wollte einfach nicht aufhören, es wurde sogar immer be-
drohlicher! Was war da bloß los?

Ich platzte fast vor Neugier! Ein zweites Baby schloss ich kategorisch aus, davon hätte ich vorher etwas gehört, also konnte er
ja nur sein Versprechen wahrmachen! Seit Wochen redete er von
dem ultimativen Weihnachtsbaum, den er besorgen wollte, einen,
den Janina für den absolut besten hielt, den sie je gesehen hatte!
Meine Janina und er waren nämlich ausgeprägte Weihnachtsfans,
und nachdem das letzte Fest wegen der Ankunft unseres Zwer-
ges irgendwie ins Wasser gefallen war, lag es nahe, dass sie das
diesjährige besonders schön gestalten wollten. Schon seit Wochen
thronte die Weihnachtskrippe auf ihrem angestammten Platz neben dem Fernseher und Janina hatte es auch nicht versäumt, mir
die übliche Moralpredigt zu halten.

„Du weißt, diese kleinen Figuren hier sind kein Spielzeug, ja?
Also lass sie alle da, wo sie sind!"

Ich hatte natürlich aufmerksam zugehört. Trotzdem konnte ich
mir ein empörtes Mauzen nicht verkneifen. Noch nie hatte ich
eine der Figuren angerührt! Trotzdem wiederholte sie ihre Gardi-
nenpredigt jedes Jahr, gut, mit Ausnahme des letzten, aber da hatte
sie die Krippe auch gar nicht erst aufgestellt. Als Lukas später versuchte, eine der Figuren zu ergattern, brachte ihm das tatsächlich
einen kleinen Rüffel ein! Mein kleines Katzenherz hatte gejubelt,
hieß das doch, dass selbst der Zwerg sich nicht alles erlauben durfte. Was für eine Erleichterung! Und beim Plätzchenbacken durfte
er auch nicht dabei sein, im Gegensatz zu mir! Ich durfte in der
Küche bleiben, den herrlichen Duft genießen und meiner Janina
beim Verzieren zuschauen.

Ja, dieses Weihnachtsfest versprach wirklich ganz besonders
großartig zu werden. Und wenn sie mit Lukas erst mal zurückkam, würde sie mich auch wieder aus der Küche befreien, dessen war ich mir sicher. Doch Janina kam nicht zurück, zumindest

nicht so schnell, wie ich es mir gewünscht hatte. Dafür kreischte nun Werkzeug auf, was meine schöne Weihnachtsbaumtheorie glatt über den Haufen warf. Alexander konnte keinen Baum angeschleppt haben, reimte ich mir zusammen, es sei denn, er hätte einen gekauft, den man zusammenschrauben musste. Und das wollte ich mir lieber gar nicht vorstellen! Andererseits, angesichts des Weihnachtsbaumdesasters vom letzten Jahr, ausgelöst durch fiese herabfallende Tannennadeln, die mein Körbchen in kürzester Zeit zur Tannennadelauffangstation mutieren ließen, war Alexander alles zuzutrauen! Ein künstlicher Baum würde wenigstens nicht nadeln! Und hatte Janinas Vater nicht genau das vorgeschlagen?

„Dann tritt Molly in keine Nadel mehr und kann keinen Schaden anrichten!", hatte er gesagt und die Idee von einem künstlichen Weihnachtsbaum ins Spiel gebracht. Dieser Mann war wirklich nachtragend, als ob ich sonst jemals einen Schaden angerichtet hatte! Aber diese Menschen konnten sich eben nicht vorstellen, dass ich jedes noch so leise geflüsterte Wort verstand! Gut, ich war klug genug, sie das nicht immer merken zu lassen. Und die Hoffnung, Janina und Alexander die Katzensprache beizubringen, hatte ich inzwischen auch aufgegeben. Ich ließ meine Janina gern weiter glauben, dass sie mir alles, was ich sagen wollte, an der Schnurrbartspitze ansehen konnte, und war eifrig darauf bedacht, dass sie gar nicht merkte, wie oft sie damit danebenlag. Das musste sie nicht wissen, sie war so ein fröhlicher Mensch, um nichts in der Welt wollte ich daran etwas ändern.

Als ob meine Gedanken sie herbeigerufen hätte, hörte ich Janina zurückkommen. Mit Lukas selbstverständlich, der offensichtlich schlief. Zumindest hörte ich ihn nicht, was bei ihm ausgesprochen selten vorkam.

„Molly ist noch in der Küche!", hörte ich Alexander sagen. Das durchdringende Dröhnen hatte inzwischen aufgehört, dafür schien wieder jemand etwas durch den Flur zu transportieren. Es rumpelte und schabte und ich war eigentlich ganz froh, hier in der Küche in Sicherheit zu sein. Dann sah ich es: Ein Schälchen Sahne stand für mich bereit, oh mein lieber Alexander! Schnell machte ich mich darüber her, nicht, dass die beiden noch dachten, ich mochte es nicht. Kaum hatte ich es ausgeschleckt, wurde die Küchentür aufgerissen. Leider so laut, dass Lukas prompt wach wurde. Janina hob ihn gerade aus seinem Wagen, als er seine kleinen Äuglein öffnete. Etwas verschlafen lächelte er uns an.

„Komm, Molly", sagte Alexander und hob mich schneller hoch, als meine Fluchtreflexe anschlugen. „Ich habe etwas für dich! Eine Überraschung! Da wirst du Augen machen!"

Er stürmte mit mir ins Wohnzimmer und ich sah auf den ersten Blick gar nichts. Alles sah so aus wie immer, es stand nicht einmal ein großer, künstlicher Weihnachtsbaum mitten im Zimmer. Alles unverändert! Nur schien jemand mein Körbchen ein Stückchen weiter nach rechts geschoben zu haben. Ich mauzte empört auf, so etwas mochte ich gar nicht! Selbst meine Janina war beim Staubsaugen, bei dem ich mich regelmäßig von dannen machte, weil ich das Geräusch so grauenhaft fand, sehr vorsichtig und schob es immer wieder zurück an seinen Platz. Doch dann sah ich es: Wir hatten eine neue Balkontür!

„Guck mal, Molly, du hast jetzt eine Katzenklappe!", erklärte mir Alexander. „Das heißt, keiner braucht sich mehr Sorgen zu machen, wenn du mal wieder außer Haus bist!"

Er strahlte mich an, als hätte er ein Weltwunder verkündet! Okay, dachte ich mir, er wollte gelobt werden! Zumal Janina mit Lukas beschäftigt war. Ich tat ihm den Gefallen, legte mein Köpfchen nach rechts und mauzte ihm anerkennend zu. Von Katzenklappen hatte ich schon gehört! Sie waren so etwas wie eine eigene Haustür, nur für uns Katzen. Manche davon hatten sogar einen Sensor, der die eigene Katze reinließ, aber keine anderen, das hatte mir Mohrle mal erklärt, eine Katzenfreundin, die ich gelegentlich traf. Ausflüge waren für mich nämlich inzwischen selbstverständlich, meist wartete ich auf meinen Freund Hugo, der mit seinem Herrchen im Nachbarhaus wohnte, und schloss mich ihm an. Bislang hatte das auch gut funktioniert, ich fand immer jemanden, der mich hinausließ. Und wenn ich draußen war, warteten Alexander und Janina immer, bis ich zurückkam, dann machten sie mir die Balkontür wieder auf oder sie ließen sie gleich angelehnt. Mein letzter Ausflug war allerdings schon eine Weile her, das Wetter war mir einfach zu schlecht. Mal regnete es, mal schneite es sogar, in jedem Fall war es aber nass und kalt, beides Zustände, die ich nicht sehr schätzte. Außerdem gab es keinen Grund für mich, mir irgendwo kalte oder gar nasse Pfoten zu holen, von meinem Beobachtungsplatz auf der Fensterbank sah ich für gewöhnlich alles, was ich sehen wollte.

Am liebsten hätte ich diese, nun meine, Katzenklappe ja sofort ausprobiert, doch das verhinderte Lukas. Er war wach und damit recht mobil. Ehe ich mich versah, flog der knallrote Ball durchs Zimmer und ich spitzte meine Ohren, um herauszufinden, aus welcher Richtung der Zwerg angestolpert kam. Bei dem wusste man nie so genau, wohin er mit seinen kleinen, ungelenken Füßchen als Nächstes stapfte. Nicht, dass er nicht wirklich goldig war! Ich liebte ihn inzwischen mit aller Kraft, zu der mein kleines Katzenherz fähig war, genau wie alle, die ihn kannten. Doch das mit dem Laufen bekam er noch nicht richtig hin, auch wenn er versuchte, sich krampfhaft auf seinen zwei wackeligen Beinchen fortzubewegen. Dass er dabei alles Mögliche runterriss, weil er sich an allem, was er in seine Patschhändchen bekam, festkrallte, nahm ich sportlich. Ich war wendig, ich konnte den Dingen ausweichen, die er dabei zu Boden warf. Und den Scherben, die es deshalb öfter gab, auch. Janina und Alexander fanden das nicht immer lustig, auch wenn sie ihrem Goldstück natürlich nicht böse sein konnten. Er fing sogar an, Alexander ähnlich zu werden, zumindest dann, wenn er stirnrunzelnd seine Umgebung betrachtete. Ob Janina das auch schon aufgefallen war? Lukas Lachen war jedenfalls atemberaubend und sein Glucksen amüsierte mich mehr als meine Wollmaus. Seine blonden Kringelhaare, die Janina liebevoll Löckchen nannte, standen meist nach allen Seiten von seinem Kopf ab, was ihm ein leicht wildes Aussehen verlieh. Seine Augen hatte er aber eindeutig von Janina: blitzeblau! Sie funkelten meist vor Abenteuerlust, vor allem, wenn er sich, so wie jetzt, auf Entdeckungstour begab.

„Nein, Lukas, nicht den Ball herumwerfen!", belehrte Alexander nun den Zwerg und griff an mir vorbei nach unserem roten Ball. „Und ärgere Molly nicht, ja?!"

Mit einer Hand strich mir Alexander übers Köpfchen, mit der anderen versuchte er, Lukas aufzuhalten, der nun zielsicher auf Janinas Zimmerpalme zustürmte.

„Nein, Schatz, das ist kein Spielzeug!", versuchte Alexander es weiter. Und mal wieder wunderte ich mich über meine Menschen. Offenbar war Alexander nicht klar, dass der Zwerg logischen Erklärungen gegenüber nicht zugänglich war! Vielleicht kam das ja noch irgendwann, aber im Moment klappte das einfach noch nicht. Ich hatte es schließlich oft genug beobachtet! Janina, Alexander und sämtliche Großeltern redeten quasi ununterbrochen auf Lukas ein, ohne dass dieser auch nur das leiseste Anzeichen dafür zeigte, dass irgendwas von dem, was sie sagten, bei ihm ankam. So war es auch jetzt. Das deutliche „Nein, lass das!" von Alexander nahm Lukas schlichtweg nicht zur Kenntnis, er grinste ihn stattdessen fröhlich an und versuchte das Objekt seiner Begierde erneut zu erreichen. Als er nicht zum Ziel kam, suchte er sich ein anderes Spielzeug. Seine Wahl fiel auf ein Sofakissen, das sich natürlich auch herrlich herumwerfen ließ. Alexander hatte seine liebe Not, ihm auch dieses abzunehmen. Dann klingelte sein Handy.

„Ich muss noch mal weg!", verkündete Alexander und überließ es Janina und mir, Lukas' Spieltrieb zu befriedigen. Immerhin hatte er den roten Ball dagelassen, sodass Lukas ihn in meine Richtung kullern und ich ihn wieder zurückstoßen konnte, davon konnte der Zwerg einfach nicht genug bekommen. Eigentlich spielte ich ja lieber allein, aber nachdem Alexander seit Lukas' Ankunft ununterbrochen beteuerte, wie toll es sei, dass Lukas in mir einen Spielgefährten hatte, wollte ich ihn nicht enttäuschen. Immerhin hatte er mir seine Liebe gerade mit dem Einbau meiner Katzenklappe bewiesen! Dafür ließ ich mich auch gern dazu herab, dem roten Ball ein paar gezielte Tatzenhiebe zu verpassen. Auch wenn meine neue Katzenklappe mich sehr reizte. Was hätte ich dafür gegeben, sie sofort auszuprobieren, Hugo würde Augen machen!

Es dauerte nicht lange und Alexander kam zurück. Wieder nicht allein, das schien heute zur Gewohnheit zu werden. Aber nun half ihm bloß sein Freund Carsten, ein wahres Monstrum von Weihnachtsbaum ins Wohnzimmer zu bugsieren. Janina brachte Lukas in Sicherheit und ich verzog mich ebenfalls. Sie stellten den Baum auf und ich war hingerissen! Er war groß, riesengroß, und er duftete umwerfend. Dazu war er ganz gerade gewachsen, mit schön platzierten Zweigen, die sich üppig auf alle Seiten gleichmäßig verteilten.

„Das ist der schönste Baum, den wir je hatten!", jubelte Janina. Ihre blauen Augen strahlten und unwillkürlich fiel mein Blick auf meine neue Katzenklappe. Der Mann hatte sich heute selbst übertroffen! Was hatte ich nur für eine großartige Familie! Die heimelige Stimmung wurde prompt von Lukas unterbrochen, der seinen Ball wiedergefunden und ihn ins Wohnzimmer gefeuert hatte. Er landete direkt vor der kleinen Kommode, deren schmale Beinchen bedrohlich ins Wackeln gerieten. So viel Bewegung hielten die Bilderrahmen darauf nicht aus, sie wankten hin und her, bevor sie umfielen. Es schepperte gewaltig. Dazu Carsten, der versuchte, den Ball einzufangen, Janina, die sich hinter Lukas hermachte und Alexander, der immer noch mit dem Baum beschäftigt war. Was für ein Trubel! Doch halt, schoss es mir durch den Kopf, ich musste das doch gar nicht ertragen! Ich hatte doch jetzt eine Katzenklappe! Und Lukas war beschäftigt – perfekt! Ich nahm also Anlauf und stürzte mich mit Begeisterung auf die Klappe. Doch anstatt sich zu öffnen oder wenigstens nachzugeben, tat sie gar nichts. Mit einem lauten Knall landete meine Nase an der harten Klappe. Ich fauchte unwillkürlich auf.

„Nicht, Molly!", rief Alexander, doch leider zu spät. Nun war auch Janina auf mich und meinen Schmerz aufmerksam geworden. Sie setzte Lukas ab und besah sich das Unglück.

Ich fühlte mich total benommen. Kein Wunder, ich war mit voller Wucht vor dieses Ding geknallt!

„Oh, meine arme Molly!", tröstete mich Janina und warf Alexander einen tadelnden Blick zu. Dann befühlte sie vorsichtig meinen Kopf und besah ihn sich von allen Seiten.

„Nichts gebrochen, glaube ich!", stellte sie erleichtert fest. „Da haben wir ja noch mal Glück gehabt!"

„Ich wollte es doch noch vorführen!", rechtfertigte sich Alexander. „Ich habe eine Besonderheit entworfen. Die Klappe lässt sich vorläufig nur von außen öffnen. Siehst du, sie steht hier innen ein paar Zentimeter über, das verhindert, dass sie durchschwingt, wie andere Katzenklappen das tun!"

Stolz sah er Janina an, doch die verstand ihn ebenso wenig wie ich.

„Okay, ich will es mal anders erklären!", sagte Alexander und setzte zu einem Vortrag an. Er zeigte zunächst auf die Klappe und Janinas und mein Blick folgten seinem Finger.

„Siehst du hier?"

Janina nickte und er sprach weiter. Ja, ich sah es auch.

„Hier steht die Klappe über. Deshalb schwingt sie nicht nach außen und innen, wenn Molly oder sonst wer davor stößt! Von außen jedoch", und nun öffnete er tatsächlich die Balkontür und führte es vor, „von außen lässt sie sich aber nach innen drücken. So kann Molly immer wieder reinkommen, wenn sie draußen war!"

Er sah uns begeistert an. Doch so ganz erschloss sich Janina der Sinn nicht. Und mir tat noch der Kopf weh, so konnte ich nicht denken.

„Begreifst du nicht? Wenn Molly nicht allein rauskann, kann auch Lukas nicht versuchen, ihr hinterherzukrabbeln! Deshalb haben wir ja bislang keine Katzenklappe, weil wir nicht wollen, dass er sich darin die Finger einklemmt. Und so habe ich das Problem gelöst – von innen drangestoßen passiert überhaupt nichts! Ich habe es ganz allein entworfen!"

Der Stolz in seiner Stimme war unüberhörbar. Janinas bleibendes Unverständnis allerdings auch. „Schön, Schatz, das ist wirklich ziemlich genial, aber ich verstehe immer noch nicht, was Molly das bringen soll? Sie kann zwar allein zurückkommen, wenn sie draußen ist, aber raus kommt sie ja gar nicht erst!"

„Raus lassen wir sie eben wie bislang auch – wir machen ihr die Tür auf!", erklärte uns Alexander daraufhin ernsthaft. Janina guckte ihn reichlich verdutzt an, sagte aber nichts mehr dazu. Und mir war es einigermaßen egal. So oft wollte ich ja gar nicht raus und am Ende zählte der Wille und dass mein Kopf irgendwann wieder aufhörte zu dröhnen. Alexander wollte mein kleines Katzenleben noch schöner machen, das war doch was. Ich nahm es als Zeichen seiner unvergänglichen Zuneigung zu mir und Janina hatte wohl beschlossen, es genauso zu sehen.

„Du hast dir sehr viel Mühe gemacht, Schatz, ich liebe dich!", hauchte sie ihm ins Ohr und sie hätten sich sicher auch gleich geküsst, wenn Lukas nicht den Teller mit den Weihnachtsplätzchen vom Tisch gezogen hätte.

„Da!", kreischte er und grabschte begeistert nach den zu Boden fallenden Keksen.

Und damit war die friedliche, heimelige Weihnachtsstimmung, die bei Alexander, Janina und mir gerade aufgekommen war, auch schon wieder vorbei.

Dann war er da, Heiligabend! Unser aller Lieblingstag, auch wenn Lukas das vielleicht noch nicht klar war. Aber es war ja auch erst sein zweites Weihnachtsfest und der Zwerg war lernfähig. Janina schmückte den Baum und im Gegensatz zu Lukas durfte ich ihr Gesellschaft leisten – ich war schwer begeistert! Sie behängte das Prachtexemplar von oben bis unten mit glänzenden Kugeln und toppte das Ganze noch mit einer gewaltigen Ladung Lametta.

„Lametta geht immer. Davon kann man gar nicht zu viel haben!", lachte sie und warf mir eine Handvoll zu. Oh fein, wir spielten mit Lametta, wie hatte ich das vermisst! Nach einer Weile sammelte sie alles wieder akribisch ein und verteilte es auch noch auf dem Baum. Zum Schluss setzte sie ihm seine Spitze auf: die wunderschöne Elfe aus Glas, die Janina als kleines Mädchen von ihrer Urgroßmutter geschenkt bekommen hatte. Nun reichte der Baum tatsächlich bis unter die Decke. Und er war eine Pracht, ja, so musste ein Weihnachtsbaum aussehen, freute ich mich. Und er nadelte kein bisschen. Als die nahe Kirchturmuhr zwölf schlug, sprang Janina auf.

„Oje, wie spät es schon wieder ist!", stöhnte sie. „Gleich werden Alexander und Lukas vom Spaziergang zurückkommen und das Mittagessen ist ja noch nicht mal fertig!"

Sie stürzte in die Küche und ich sah, wie sie fix ein paar Nudeln herauskramte und mir dann mit der gebotenen Gründlichkeit meinen Napf auffüllte.

„Ich habe dein Festmenü nicht vergessen, Molly!", lächelte sie.

Bevor die ersten Weihnachtsgäste eintrafen, wollte nicht nur ich ein kleines Nickerchen halten, Alexander hatte den gleichen Plan, Lukas, jedoch keine Lust dazu. Während sein Papa nämlich tief und fest eingeschlafen war und Janina sich zu einer Nachbarin zum Geschenkeeinpacken zurückgezogen hatte, stolperte unser Zwerg putzmunter und todesmutig durch die Wohnung.

„Balla!", jauchzte er, dann hörte ich es auch schon das erste Mal poltern. Wie hatte der Zwerg nur die Wohnzimmertür aufbekommen? Zögernd beschloss ich nachzusehen, denn noch war der Lärmpegel offenbar nicht laut genug, um Alexander zu wecken. Kaum hatte ich mein Köpfchen durch den Türspalt geschoben, sah ich, wie unser knallroter Gummiball erst vor den Wohnzimmertisch knallte und dann zielsicher Richtung Weihnachtsbaum flog. Oh, oh, das sah gar nicht gut aus! Noch während ich überlegte, wie ich den kichernden kleinen Kerl davon abhalten konnte, Janinas Meisterwerk zu Boden zu reißen, stand Alexander in der Tür.

„Nein!", schrie er und hechtete nach dem Ball. Er erreichte ihn in letzter Sekunde, und zwar ohne dass es weitere Scherben gab. Puh, noch mal Glück gehabt. Lukas gluckste begeistert. „Komm, Schatz, wir gehen rüber spielen, ja?", versuchte es mein unverbesserlicher Alexander erneut mit Logik. Wie zu erwarten war, funktionierte das auch dieses Mal nicht, also blieb ihm nichts anderes übrig, als den Zwerg zu schnappen und ihn aus dem Zimmer herauszutragen. Ich folgte den beiden in respektvollem Abstand. Immerhin, Lukas Geschrei hörte schlagartig auf, als Alexander ihm im Kinderzimmer den roten Ball zurückgab. Und dann selbst mit ihm spielte. Irgendwann schloss ich mich den beiden an und wir hatten viel Spaß.

Dann begann endlich unser Weihnachtsprozedere. Janina kam mit unzähligen Päckchen beladen zurück, wenig später trafen ihre Eltern ein. Janina flitzte hin und her und trug Kaffee, Weihnachtsplätzchen und Stollen auf. Ich hatte meine liebe Not, nicht unter ihre Füße zu geraten. Ständig griffen ein paar beherzte Hände, die wahlweise Janinas Mama oder einem anderen Menschen gehörten, nach unten, um nach Lukas zu tasten. Denn den hielt nichts auf dem Sofa. Er krabbelte und stolperte mit einer Hingabe durchs Wohnzimmer, die alle sehr erheiterte.

„Komm zu Oma, mein süßer Spatz!", verlangte Janinas Mama und schnappte ihn sich. Doch nach zwei Minuten setzte das typische Lukas-mag-nicht-mehr-Geschrei ein, womit er seinen Willen praktisch immer durchboxte. Mir, so gestand ich mir durchaus ein, würde dieses ständige Hochgenehme und Betatsche auch nicht gefallen, aber ich bin ja auch nur eine kleine Hauskatze. Lachend und vor sich hin brabbelnd stolperte er zwischen den Beinen der Gäste herum. Er hangelte sich von Stuhlbein zu Stuhlbein, bis er fast am Rokokoschränkchen ins Straucheln kam und sich in letzter Sekunde an der zur Seite geschobenen Zimmerpalme festhielt. Die hatte seinem schwungvollen Temperament nichts entgegenzusetzen, sie schwankte bedrohlich, bevor sie nach links kippte – direkt Richtung Weihnachtsbaum! Ich sah das Unglück kommen, machte einen Satz unter die Kommode und erlebte fassungslos, wie die Zimmerpalme tatsächlich umkippte, vor den Hocker stieß und diesen samt dem Weihnachtsbaum zu Boden riss. Janinas Eltern sprangen entsetzt auf, um der drohenden Kollision zu entgehen, und ich blieb, wo ich war, denn der Weihnachtsbaum krachte tatsächlich zu Boden, es war unvorstellbar. Zum Glück gab es keine Verletzten. Doch das Chaos war perfekt.

„Lukas!", schrien alle durcheinander, doch sein fröhliches Kreischen verriet, dass er keine Ahnung hatte, welches Desaster er da angerichtet hatte. Janina stolperte über die überall herumkullernden Weihnachtskugeln, kiloweise Lametta glitzerte nun auf Plätzchen und Stollen und der Baum lag direkt vor dem fast noch neuen, großen Flachbildschirm. Dass es diesen nicht auch noch umgehauen hatte, war ein Wunder. Selbst in der Weihnachtskrippe war niemand zu Schaden gekommen, alle Figuren standen noch und waren intakt.

„Gott sei Dank, du bist in Ordnung!", hörte ich Janina stöhnen und sah, wie sie Lukas in ihre Arme riss. Alexander suchte inmitten des Weihnachtsbaumchaos immer noch nach seiner Fassung. Er schüttelte den Kopf, rang mit sich – und sagte gar nichts! Es dauerte eine gefühlte Ewigkeit, bis er sich einen Weg zu Janina und Lukas gebahnt hatte, Kunststück, das Wohnzimmer war durch den Weihnachtsbaumaufbau ohnehin schon etwas verstellt, und darauf, dass dieser nun quer im Raum lag, war natürlich auch niemand vorbereitet. Ich traute mich irgendwann aus der Deckung und sprang galant über alle Hindernisse. So vertikal betrachtet, kam mir der Baum noch größer vor. Ich nahm Anlauf, machte einen weiteren Satz über den zu Boden gegangenen Baumbehang und landete direkt vor Alexanders Füßen.

„Mein Gott, was für ein Weihnachtschaos!", flüsterte der. Redete er mit mir? Er guckte mich gar nicht an!

„Komm, Molly, ich lass dich mal lieber raus, ja? Du weißt ja jetzt, wie du wieder reinkommst!"

Mit einem energischen Griff hob mich Alexander vom Boden auf und stakste mit mir auf dem Arm über die traurigen Reste des ehemals prächtigen Baums. Dann öffnete er die Balkontür und ließ mich hinaushuschen. Ich miaute ihm dankbar zu. Dann schloss sich hinter mir die Balkontür wieder und ich war selig! Ich war nicht schuld an diesem Weihnachtschaos! Und mein Heimweg war gesichert! Deshalb atmete ich erst einmal tief durch. Hier draußen war es auf einmal herrlich still! Die kalte Abendluft verriet einen sternenklaren Himmel, ein wunderbarer Anblick.

„Hey, kommst du, oder was?", hörte ich Hugo von der nahen Kastanie aus mauzen. „Ich muss dir doch noch von Margarete erzählen!"

Mein Freund hatte sicher schon eine Weile auf der Lauer gelegen, zumindest tat er das meistens, bevor er sich bemerkbar machte, deshalb ließ ich mir Zeit. Ich sprang aufs Geländer und stieß mich von dort aus kräftig ab, um direkt auf dem einzigen Ast zu landen, den ich als Brücke nach drüben benutzen konnte. Doch irgendwas, das spürte ich schon, während ich durch die Luft flog, war anders als sonst. Ich hatte diesen Sprung in den letzten zwölf Monaten viele Male gemacht, nachdem mir Hugo gezeigt hatte, wie ich meinen Balkon verlassen und über den hervorstehenden

Ast des Kastanienbaums nach unten gelangen konnte. Mein Weg in die Freiheit! Vielleicht war es der Winkel oder meine Geschwindigkeit, keine Ahnung, und es war auch zu spät, um irgendwie noch gegenzusteuern. Ich landete unsanft viel zu weit vorn auf dem Ast, der gefährlich ins Wanken geriet und schließlich zu meinem großen Entsetzen krachend unter mir nachgab.

„Hugo!", rief ich. „Hilfe – ich falle!"

„Aufpassen!", brüllte er in gleichem Maße zurück, doch zu spät. Hart schlug ich auf dem Boden auf, zum Glück direkt auf meinen vier Pfoten!

„Mann, das ist ja gerade noch mal gut gegangen!", mauzte Hugo, der sofort hinterhergesprungen kam. „Aber wir sind eben Katzen, wir können so etwas. Manche Menschen behaupten sogar, wir hätten sieben Leben!"

Während er redete und redete, besah ich mir nicht nur meine Pfoten, sondern vor allem den im Schnee liegenden Ast.

„Und wie komme ich jetzt wieder rüber?", unterbrach ich Hugo. Der sah mich irritiert an, verstand dann aber.

„Oh!", stellte er mit einem Blick nach oben fest. „Das könnte schwierig werden! Aber nach dem Chaos bei euch im Wohnzimmer zu urteilen kommt dir jetzt ohnehin keiner zu Hilfe. Los, lass uns in den Klostergarten gehen. Vielleicht fällt uns ja in der Zwischenzeit was ein!"

„Vielleicht?", fragte ich ungläubig. „Uns muss etwas einfallen, Hugo! Ich will schließlich nachher wieder nach Hause!"

„Sag mal", fragte Hugo mit amüsiertem Unterton, „gehören umfallende Weihnachtsbäume bei euch zur Weihnachtstradition? Ist ja nun auch schon das zweite Mal ..."

„Hör auf!", befahl ich ihm. „Lass dir lieber was einfallen, wie ich wieder auf unseren Balkon komme!"

* * *

Da ich einsah, dass Hugo recht hatte, meine Menschen waren nun wahrlich erst einmal mit sich beschäftigt, folgte ich ihm auf zittrigen Pfoten. So einen Sturz, noch dazu aus dieser Höhe, hatte

ich noch nie erlebt. Dass mir nichts wehtat, war ein echtes Weihnachtswunder! Doch wie sollte ich nun wieder zurück zu meiner
Familie kommen?

„Ich komme nie mehr nach Hause!", jammerte ich vor mich
hin, doch Hugo gab mir einen sanften Kopfstupser.

„Lass dich jetzt bloß nicht so hängen, Molly!", beschwor er mich.
„Denk an letztes Jahr! Da hast du ein Superweihnachtschaos bei
deinen Menschen angerichtet und geglaubt, sie würden dich für immer aussperren, und was ist passiert? Rein gar nichts! Alles hat sich
in Wohlgefallen aufgelöst! Es ist Weihnachten, Molly, du musst jetzt
einfach ganz fest daran glauben, dass sich alles regeln wird!"

„Du hast leicht reden!", protestierte ich. „Der Ast ist abgebro-
chen! Und Janina und Alexander haben das vermutlich nicht mal
bemerkt! Sie haben genug mit sich zu tun! Die denken doch, dass
ich durch die neue Katzenklappe ganz einfach wieder reinkann!
Dass ich gar nicht erst auf den Balkon komme, damit rechnen sie
doch nicht! Und dabei ist es ganz schön kalt heute Nacht!"

Mein Blick fiel auf die wenigen Passanten, die sich um diese
Uhrzeit auf der Straße befanden. Sie waren allesamt dick einge-
mummelt, ein sicheres Zeichen für Minusgrade!

„Wir lassen uns etwas einfallen!", versicherte mir Hugo unabläs-
sig und weil ich so mit mir selbst und diesem blöden, abgebrochenen
Ast beschäftigt war, vergaß ich glatt, mich nach seinem Befinden zu
erkundigen. Wir hatten uns eine ganze Weile nicht gesehen, was
nicht nur an meiner Abneigung gegen feuchtes, kaltes Wetter lag.

„Hörst du das auch?", riss mich Hugo plötzlich aus meinen
trübsinnigen Gedanken.

„Was?", fragte ich und blieb stehen. Ich spitzte meine Ohren.
Ja, da war etwas. Es klang wie ein Wimmern, nur ganz leise und
irgendwie ängstlich. Nein, ein Mensch war das nicht, auch kein
verletzter Vogel oder so. Es klang eher …

„Eine Katze!", stellte Hugo sachlich fest. „Muss noch klein sein,
nach der Stimme zu urteilen. Wo steckt sie nur?"

Hugo, dessen Beschützerinstinkt mich auch schon vor Schlim-
mem bewahrt hatte, sah sich suchend um. „Es kommt aus dem
Gebüsch da drüben!", raunte er mir zu und setzte sich vorsichtig

in Bewegung. Ich folgte ihm, mehr unwillig als neugierig, da meine Gedanken immer noch mit anderen Dingen beschäftigt waren. Doch je näher ich dem Gebüsch kam, desto kläglicher wurde das Gemauze. Da war jemand ganz schön in Not!

„Ich sehe sie nicht, du?", fragte Hugo leise. Wir starrten beide mit funkelnden Augen in das finstere Gestrüpp hinein.

„Hallo!", mauzte ich, als ich erkannte, dass unser stilles Starren völlig sinnlos war. Wenn sich da jemand verstecken wollte, würden wir ihn von hier aus ohnehin nicht entdecken können. „Hallo? Ist da jemand? Hab keine Angst!", versicherte ich der unbekannten Katze. „Wir sind Freunde, komm, zeig dich!"

„Nein, ich hab Angst!", wimmerte es uns aus dem Gebüsch entgegen. „Geht weg, ich komm hier nie mehr raus!"

„Aber, aber, wer wird denn so verzweifelt sein!", versuchte Hugo sein Glück. „Komm raus, bitte, wir helfen dir! Egal was passiert ist!"

Es raschelte ganz in unserer Nähe. „Komm schon, wir nehmen dich mit! Du musst hier nicht allein zurückbleiben!", schmeichelte ich. „Da drin ist es doch ganz ungemütlich. Los, komm raus!"

„Und ihr tut mir wirklich nichts?", mauzte unser unbekanntes Gegenüber ängstlich. Oje, was war dieser kleinen Katze nur passiert?

„Nein, ganz bestimmt nicht!", versicherte Hugo.

Es raschelte wieder, dann bahnte sich ein zerstrubbeltes braunes Wollknäuel seinen Weg durch die Äste.

„Hallo, ich bin Hugo!", stellte mein Freund sich vor und zeigte auf mich. „Und das ist Molly, meine allerbeste Freundin!"

Ich hatte prompt einen dicken Kloß im Hals. Wegen Hugos Worten oder weil mich die ängstliche Kleine so anrührte? Keine Ahnung!

„Hallo!", mauzte sie kläglich.

„Bist du ausgebüxt oder hat man dich ausgesetzt?", fragte Hugo neugierig und gar nicht darauf eingehend, dass sie vor Angst zitternd vor uns stand und ihr offenbar jedes Wort schwerfiel.

„Ich bin weggelaufen!", gab sie zu.

Mein Gott, man musste ihr aber auch wirklich jedes Wort aus der Nase ziehen! Zum Glück hatte Hugo da mehr Geduld als ich.

„Egal, was es ist, es ist kein Weltuntergang!", übte ich mich in Optimismus. Sie sah mich jedoch nur ungläubig an. „Glaub mir, ich weiß, wovon ich rede, ich habe mir nämlich gerade selbst den Heimweg versperrt und siehst du mich etwa heulen?", fuhr ich sie unwirscher, als es meine Absicht war, an.

„Komm erst mal mit!", schlug Hugo vor. „Wir gehen in den Klostergarten. Dort können wir über alles reden!"

Als sie keine Anstalten machte, noch irgendwas zu sagen, machten Hugo und ich uns wieder auf den Weg, wir waren ja fast schon da. Und mehr, als ihr unsere Hilfe anbieten, konnten wir nicht. Dennoch registrierte ich, dass uns die Kleine in einem gewissen Abstand folgte. Im Klostergarten angekommen, wurden wir bereits erwartet.

„Wurde ja Zeit, ich dachte, ihr kommt nicht mehr!", begrüßte uns Mohrle, eine alte Freundin. Hinter ihr erkannte ich Troll und Eddie.

„Na, Molly, steht der Weihnachtsbaum noch?", fragte sie fröhlich.

„Nein!", kam mir Hugo zuvor. „Doch dieses Jahr ist Molly unschuldig am Weihnachtsdesaster! Lukas hat den Baum umgerannt, dafür hat Molly sich beim Absprung ihren Heimweg versperrt!"

„Du hast scheinbar immer ein Problem an Weihnachten!", stellte sie sachlich fest. „Immerhin verspricht das wenigstens aufregend zu werden heute!"

Als sie mein trauriges Gesicht sah, wurde ihre Stimme zärtlicher.

„Hey, mach dir nicht so viele Sorgen! Wir finden eine Lösung, ganz bestimmt! Und nun sag lieber, wen ihr da mitgebracht habt!"

Mohrle starrte unsere Begleitung erwartungsfroh an.

„Komm schon!", machte Hugo ihr Mut. „Wir sind wirklich alle in Ordnung, das kannst du glauben. Willst du uns nicht endlich sagen, wer du bist?"

„Ich bin Trixi! Glaube ich. Das haben die Leute jedenfalls zu mir gesagt: Trixi. Also ist das ja vielleicht mein Name?"

Unsicher schaute sie in die Runde und ich mauzte ihr aufmunternd zu. „Komm schon, spann uns nicht so auf die Folter, Trixi. Was ist passiert? Erzähl schon!"

Ein Weihnachtsgeschenk auf vier Pfoten

Trixi erzählt

Eigentlich hatte ich ja nie damit gerechnet, bei einem Menschen in seinem Zuhause zu leben. Und am allerwenigsten wollte ich ganz allein draußen herumlaufen. Ich wusste bis vor ein paar Tagen ja nicht einmal, dass es überhaupt etwas anderes gibt als das Tierheim, in dem ich auf die Welt gekommen bin.

Leider hat sich meine Katzenmama recht bald nach meiner Geburt aus dem Staub gemacht. Vielleicht weil ich so klein war und große, warme Hände sofort nach mir gegriffen hatten, als ich aus ihrem Bauch herauskam?

„Sie ist so winzig, hoffentlich schafft sie es!", waren die ersten Worte, die ich gehört hatte. Erst danach mauzte Mama mir zu. Es klang irgendwie nach Abschied, doch das wusste ich da noch nicht. Und als ich dann endlich allein auf meinen vier Pfoten stehen konnte, war sie längst weg. Doch allein war ich nicht, Daniela war für mich da, deshalb war es auch nur halb so schlimm. Ihr gehörten die großen Hände, die ich gespürt hatte, und sie bemutterte mich besser, als meine Katzenmama das je gekonnt hätte. Sie gab mir Futter, streichelte mich und sie versprach mir: „Ich suche dir ein schönes Zuhause!" Was sie damit meinte, wusste ich nicht, aber dass aus unserem Tierheim immer mal wieder Katzen abgeholt wurden, bekam ich recht schnell mit. Auch, dass die meisten von ihnen wegblieben.

„Die haben ein schönes, neues Zuhause gefunden!", betonten Daniela und ihre beiden Kollegen Torsten und Sebastian dann immer. Doch auf eine Katze, die so ein schönes, neues Zuhause fand, kamen mindestens drei, die von irgendjemandem abgegeben wurden. So richtete ich mich ein und fand es auch gar nicht so schlimm, dass mich niemand holen kam.

„Sie fangen sie draußen ein, wenn sie weggelaufen sind, und bringen sie her. Und dann haben sie schlechte Karten, denn welcher Mensch will sich schon einen Ausreißer nach Hause holen!", stellte Lulu, eine ziemlich betagte Perserkatze, bitter fest. „Glaub mir, ich habe das selbst erlebt! Es gibt einfach zu viele Katzen da draußen! Und zu wenig Menschen, die ihnen ein Zuhause geben wollen! Damals, als meine gute Mildred mir noch mein Schüsselchen füllte, ach, was waren das für herrliche Zeiten! Wäre ich doch bloß nie weggelaufen! Meine eigene Neugier ist schuld daran, dass ich hier gelandet bin! Und nun bin ich alt und keiner will mich mehr haben!"

Ihr trauriger Blick berührte mich sehr. Und dann nahm mich Lulu unter ihre Fittiche.

„Du bist klein und hilflos, jemand muss sich doch um dich kümmern und dir zeigen, was Menschen dir nicht beibringen können!", sagte sie. Und sie beschützte mich: vor den Rabauken, die mich vom Futternapf wegschubsten, und vor den Grobianen, die nicht aufpassten, wenn ich versuchte, mit dem Katzenklo zurechtzukommen. Lulu war da und zeigte mir einfach alles: wie man sich richtig putzt, welcher Futternapf wann gefüllt wurde und wie man es anstellte, einer der Ersten zu sein. Letzteres fiel mir nicht besonders schwer, ich war eine der kleinsten Katzen, ich konnte einfach zwischen den anderen hindurchhuschen. Ich musste nur schnell genug sein. Und durfte keine Angst haben. Da ich meist doch Angst hatte, probierte ich diesen Trick nicht sehr oft aus. Als Katzenmama wäre Lulu großartig gewesen, aber sie ließ nie zu, dass ich sie als Mama ansah.

„Ich bin zu alt dafür, kleine Katze! Und nein, ich weigere mich, dir einen Namen zu geben! Was du brauchst, ist deine eigene Mildred!"

Als ob ihre Worte es heraufbeschworen hätten, am nächsten Tag erlebte ich es selbst: Menschen, die kamen, um sich eine von uns auszusuchen!

„Deine Chance!", stellte Lulu fest und schubste mich nach vorn. „Los, sie müssen dich sehen!", verlangte sie. Ich tat ihr den Gefallen, wenn auch etwas ungelenk.

„Du musst dich präsentieren, dich vorstellen! Lauf auf sie zu, leg das Köpfchen schräg und mauze sie an! Das mögen Menschen!", riet mir eine Rotgetigerte, über deren Schwanz ich in meiner Aufregung fast gestolpert wäre. Sie drängte sich ganz nach vorn und führte mir vor, was sie meinte. Doch ich schaffte es nicht mal bis zum Gitter vor. Am nächsten Tag kamen die beiden Menschen wieder – und nahmen die Rotgetigerte mit! So leicht war das also? Ich war beeindruckt. Vor allem, weil Lulu nicht müde wurde zu betonen, wie wichtig so ein richtiges Zuhause samt Menschen war.

Es war an einem Sonntag, Daniela erzählte irgendwas von Advent, als uns wieder Menschen besuchten. Eine dunkelhaarige Frau, die sich immer wieder ihre rutschende Brille auf die Nase schob, zusammen mit einem ernst dreinblickenden Mann. Im Schlepptau hatten sie zwei kleine Jungen, die sich neugierig umsahen.

„Nein, Martin, lass das, steck nicht die Finger zwischen die Gitterstäbe!", ermahnte die Frau den Jungen mit der roten Jacke. Die beiden sahen sich ganz ähnlich, man konnte sie kaum unterscheiden, zumindest was ihre Größe und die Gesichter betraf. Zum Glück hatten sie verschiedene Jacken an.

„Tobias!", rief sie dem anderen hinterher, der eine blaue Jacke trug und sich inzwischen vor mir niedergekauert hatte. „Guck mal, Mama, die ist noch ganz klein!", schrie er aufgeregt und ich hätte angesichts seiner lauten Stimme am liebsten die Flucht ergriffen. Doch Lulu im Rücken blieb ich tapfer sitzen, legte meinen Kopf schrägt und mauzte ihm zu.

„Süüüüß, Mama, guck doch mal!", reagierte er ganz aufgeregt und steckte seine Finger durch die Gitterstäbe. Nun kam die Frau, die er Mama nannte, auch dazu.

„Tobias, nein, nicht die Finger!", stöhnte sie, doch es war zu spät. Er fummelte mit seinem kleinen, dreckigen Fingerchen direkt vor meiner Nase herum.

„Los, du kannst dran lecken oder schnuppern, das mögen Menschen!", feuerte mich Lulu von hinten an. Inzwischen war auch der andere Junge näher gekommen.

„Oh, ist die niedlich!", staunte er und streckte prompt auch eine Hand durchs Gitter. Ich konnte mich schnell noch wegdrehen, sonst hätte er meinen Schwanz erwischt, und da bin ich wirklich empfindlich.

Dann gesellte sich der Mann noch zu den dreien und die Diskussion ging los.

„Ihr wollt ihr so eine kleine Katze schenken? Die ist doch noch gar nicht stubenrein! Das gibt Theater, glaubt mir!", wandte er ein und warf mir einen abschätzenden Blick zu. Nein, besonders mochte ich ihn nicht. Währenddessen streichelten mich die Jungs durchs Gitter weiter.

„Aber Papa, die hat so weiches Fell, sie ist einfach nur perfekt!", schwärmte der blau bejackte Junge und knuffte die Rotjacke in die Seite. „Oder was meinst du?"

„Perfekt!", echote dieser und grabschte nun tatsächlich nach meinem Schwanz. Oje, das konnte schmerzhaft werden! Doch zum Glück schritt seine Mama ein: „Martin!", maßregelte sie ihn. „Eine Katze zieht man nicht am Schwanz, das tut ihr weh!"

Wie recht sie damit hatte! Sie war klug und offenbar auch nett. Ich beschloss, sie zu mögen. Und sie beschloss das offenbar auch, denn sie tuschelte heftig mit ihrem Mann und ließ mich dabei keine Sekunde aus den Augen. Dann winkte sie Daniela herbei.

„Die kleine Braune dort, ich glaube, die ist die Richtige für uns!", sagte sie und zeigte dabei auf mich. Alle hatten es gehört und auf einmal war ich der Mittelpunkt unserer Katzenstation.

„Gut gemacht!", lobte mich Lulu. „Ich bin sehr stolz auf dich! Endlich wirst du in den Genuss einer dich liebenden Familie kommen! Du hast es verdient!" Sie schnurrte so lange um mich herum, bis sich die Aufregung unter den anderen Katzen wieder gelegt hatte.

„Auf eine Familie mit Kindern war ich sowieso nicht scharf!", zickte mich eine Schwarzgescheckte an, bevor sie sich hoheitsvoll davonmachte.

„Mach dir nichts draus, Kleine, die sind nur neidisch!", beruhigte mich Lulu. Sie spürte, wie sehr mein Herz vor Aufregung klopfte. Ich hatte ganz schön Angst davor, Lulu zu verlassen und bei

Rotjacke und Blaujacke zu leben und mich von ihnen am Schwanz ziehen zu lassen. Lulu merkte das natürlich.

„Alles wird gut, glaub mir. Die Menschen, die hierherkommen, um eine von uns mitzunehmen, haben sich das gut überlegt! Sie werden gut zu dir sein, vertrau mir!"

Das tat ich ja! Doch meine Angst blieb. Und dann sah ich auch noch, wie Lulu sich zurückzog und vor sich hin miaute: „Wäre ich blöde, alte Katze doch bloß nie weggelaufen! Weihnachten daheim bei Mildred, ach war das schön!"

„Weihnachten?", fragte ich leise. Es rutschte mir irgendwie raus, ich wollte Lulu nicht stören, aber manchmal rede ich wohl, bevor ich darüber nachgedacht habe. So auch dieses Mal. Zum Glück nahm es mir Lulu nicht übel.

„Ja, Weihnachten, kleiner Racker. Weihnachten ist für die Menschen der ultimative Höhepunkt des Jahres. Es hat irgendwas mit einem Baby zu tun, eigentlich. Das habe ich sie mal sagen hören. Und deshalb feiern sie. Auf jeden Fall schmücken sie ihre Häuser, alles ganz hübsch und bunt und glitzernd. Und zu fressen gibt es nur das Beste und Feinste. Sie ziehen sich hübsch an und laden sich Besuch ein. Und dann schenken sie sich was! Mildred hat mir auch immer was geschenkt!"

Wie immer, wenn sie von ihrem Leben als verwöhnte Hauskatze sprach, kam sie ins Schwärmen. Und je mehr sie schwärmte, je ruhiger schlug mein Herz. Das hörte sich nämlich alles wunderschön an.

Drei Tage später war es so weit: Sie holten mich wirklich ab! Ich hatte schon gar nicht mehr damit gerechnet. Daniela kam, um mich zu holen. Ganz ohne Vorwarnung, sodass ich kaum Zeit hatte, mich von Lulu zu verabschieden.

„Mach es besser als ich – lauf nicht weg, hörst du! Niemals! Sonst landest du wieder im Tierheim!", rief sie mir hinterher. Dann waren plötzlich viele Hände da, die mich streicheln wollten.

„Ach, die ist ja richtig kuschelig!", sagte Rotjacke. Er nahm mich vorsichtig auf den Arm und ich bemühte mich, ganz wie Lulu mir eingetrichtert hatte, nicht die Krallen auszufahren. Und das, obwohl es ganz schön wackelig war und ich große Angst hatte, von seinem Arm zu fallen. Mir war fast so, als hörte ich Lulu sagen: „Er hält dich fest! Menschen lassen ihre geliebten Katzen nicht fallen! Hab ein bisschen Vertrauen!"

Ich beschloss also, Vertrauen zu haben. Und wurde herumgereicht. Von Rotjacke zu Blaujacke, der seiner Mama prompt erklärte: „Wir sollten sie behalten!"

Doch sie lehnte ab. „Nein, mir kommt kein Tier ins Haus! Wir haben gar keine Zeit für eine so kleine Katze!"

Das klang ziemlich bestimmt und ich war verwirrt. Sollte ich denn nicht bei ihnen wohnen? Nicht in einem Haus? Aber wo denn dann? Ehe ich eine Antwort darauf bekam, wurde es hektisch. Blaujacke übergab mich dem nicht sehr freundlich dreinblickenden Mann, den er Papa nannte, und der steckte mich unversehens in eine Box.

„Nein!", protestierte ich mauzend. „Hier ist es dunkel und ungemütlich! Ich habe Angst, lasst mich da raus!"

Ich mauzte wie wild und versuchte, mit meinen Pfötchen durch das vergitterte Luftfenster zu greifen, doch ich hatte keine Chance. Die Jungs redeten auf mich ein und ich erinnerte mich wieder an einen Satz, den Lulu nie müde wurde zu betonen: „Sie verstehen uns nicht! Vergiss das nicht, Kleine, Menschen verstehen uns nicht! Sie können unsere Sprache nicht verstehen!"

Sollte sie etwa recht haben? Das mochte ich mir gar nicht ausmalen! Was sollte ich denn bloß machen, wenn es da, wo auch immer sie mich hinbrachten, keine Katzen gab? Dann hatte ich ja gar niemanden mehr zum Erzählen! Ich zwang mich zur Ruhe und versuchte mir vorzustellen, wie Lulu das gemacht hatte. Aber halt, erinnerte ich mich, sie hat allein bei ihrem Frauchen gelebt. Von einer anderen Katze war nie die Rede, mit wem hat sie sich also unterhalten? Mit wem unterhielten sich denn eigentlich die ganzen anderen Katzen, die hier schon abgeholt worden waren, wenn ihre Besitzer sie nicht verstanden? Mit niemandem? War das das große Geheimnis, dessen Existenz ich ja immer vermutet hatte? Die deprimierende Aussicht, nie wieder verstanden zu werden, lähmte mich fast völlig. Deshalb fiel mir auch erst nach einer Weile auf, dass die Jungs nicht mehr neben der Box standen. Da stand überhaupt niemand mehr. Und Licht, stellte ich fest, gab es auch nicht. Es war zappenduster um mich herum, so schnell konnte doch gar nicht Nacht geworden sein! Und was war das? Plötzlich ratterte etwas los, der Boden unter mir vibrierte. Verzweifelt versuchte ich mich in der engen Box festzukrallen, doch es gelang mir nicht, sie war einfach zu glatt. Deshalb schrie ich nach Leibeskräften. Es schien zu wirken, denn das Geräusch brach plötzlich ab.

„Ich habe doch gesagt, im Kofferraum wird das nichts!", hörte ich die Mama sagen. „Stellen wir die Box zwischen die Jungs, dann können sie die Kleine beruhigen!"

Ich beruhigte mich, zumindest äußerlich, fast sofort. Ich sah das Tageslicht wieder, dazu die Stimmen, die nicht mehr ganz so unbekannt waren, und ich spürte die Besorgnis dieser Menschen. Meinte Lulu das vielleicht, als sie sagte, man würde zu seinen Menschen eine Beziehung aufbauen? Vielleicht! Immerhin, so tröstete ich mich, verstand ich ja jedes Wort, was sie sagten. Also musste ich vielleicht gar keine so große Angst haben, sondern vielmehr einfach versuchen, mich ihnen gegenüber so klar wie möglich auszudrücken. Und ihnen notfalls zeigen, was ich wollte. Das setzte allerdings voraus, dass ich aus dieser Box rausgelassen wurde!

Sie stellten die Box mit mir tatsächlich zwischen die beiden Jungen, die prompt ihre Hände hineinsteckten und nach mit tatschten. Auch wenn sie reichlich grob waren, so rechnete ich ihnen ihren guten Willen durchaus an.

„Hab keine Angst!", tröstete mich Rotjacke. „Am liebsten würde ich dich ja da rausholen, doch das macht Papa nicht mit. Der hat gedroht, dass wir keine Weihnachtsgeschenke kriegen, wenn wir Ärger machen!", raunte er mir zu.

Weihnachtsgeschenke? Solche, wie Lulu sie mir beschrieben hatte? Kuschelige Decken, hübsches Spielzeug und so? Okay, ich verstand ihn, sie waren ihm wichtig, er wollte sie haben, deshalb ließ er sich auch durch hartnäckiges Miezen und Miauen nicht davon überzeugen, mich herauszulassen.

„Wir sind gleich da!", sagte Blaujacke nun ganz aufgeregt. „Ich bin schon so gespannt, was Oma Anni sagen wird!"

„Sie freut sich, garantiert!", legte sein Bruder fest. „Sie wollte doch schon lange eine Katze haben, und weil der Weihnachtsmann verhindert ist, bekommt sie die von uns! Mann, wird die Augen machen!"

Allein die Vorstellung schien ihm sehr zu gefallen. Doch noch ehe ich mehr erfuhr, vor allem, wer Oma Anni eigentlich war, hielten wir an.

„Also, alles aussteigen und dann leise, ja?", gab der Papa die Kommandos, dann schnappte er sich mit ein bisschen viel Schwung meine Transportbox. „Willst du noch eine Schleife drummachen?", fragte er laut. Ich hörte jemanden rascheln, dann versperrte mir ein neues Ding oben die Sicht.

„Du machst da doch jetzt nicht ernsthaft eine Schleife drum?", hörte ich den Papa überrascht fragen.

„Klar, sieht doch viel schöner aus!", stellte die Mama fest und ich hörte ganz deutlich die Zufriedenheit in ihrer Stimme.

Ich gab es auf, rollte mich ganz klein zusammen und harrte der Dinge, die da kamen. Denn ändern, so viel hatte ich begriffen, konnte ich es ja sowieso nicht. Ich war gefangen in dieser Box, und wenn sie keiner aufsperrte, würde das wohl ewig so bleiben.

Es schaukelte ganz schön, dann wurde die Box auf den Boden gesetzt. Die Jungs waren auf einmal ganz leise, und dann hörte ich eine mir bis dahin unbekannte Stimme.

„Ihr seid schon da?", fragte sie. „Schön! Aber was habt ihr denn da?"

„Überraschung!", tönten nun die Jungs überlaut. „Omi, wir haben dir was ganz Tolles zu Weihnachten mitgebracht, los, mach die Box auf, ja?"

Noch während ich rätselte, ob das nun Rotjacke oder Blaujacke war, wurde ich wieder durchgeschüttelt.

„Hey, pass doch auf, du schubst die Box ja noch um!", hörte ich einen der Jungen den anderen anmaulen. Was war da draußen bloß los? Wobei, ich war gar nicht sicher, ob ich das überhaupt wissen wollte. Im Hintergrund hörte ich die Mama unaufhaltsam reden.

„Eine Katze? Ihr habt mir wirklich wieder eine Katze besorgt?", wurde es plötzlich interessant. Die Stimme der Dame überschlug sich fast. Hoffentlich vor Freude! Dann wurde die Box unvermittelt geöffnet und zwei warme Hände griffen nach mir.

„Oh, die ist ja zuckersüß!", hauchte die Frau, der die Hände gehörten. Sie strahlte mich mit ihren blauen Augen an und ich sah sofort die Ähnlichkeit mit der Mama.

„Gefällt sie dir, Oma Anni?", fragte Rotjacke aufgeregt. Er stand direkt neben uns, und ich versuchte, meine Krallen zu beherrschen. Das war also Oma Anni? Sie sah nett aus! Älter als die Mama, aber trotzdem hübsch. Sie hatte ganz kurze braune Haare, deren Farbe meinem Fell irgendwie ähnelte, vielleicht war das ja ein gutes Zeichen. Sie drückte mich sanft an sich und strich mir liebevoll übers Köpfchen.

„Wie heißt du denn, meine Kleine?", fragte sie sanft. Sprach sie mit mir? Da sie nicht aufhörte, mich anzusehen, erwartete sie vielleicht eine Antwort?

„Ich weiß nicht!", mauzte ich leise. Daraufhin streichelte sie mich gleich noch ein bisschen intensiver.

„Den Namen musst du aussuchen!", erklärte die Mama. Ihre Stimme zitterte etwas, und ich hörte, wie sie Oma Anni erzählte, dass ich im Tierheim geboren und gerade mal ein paar Monate alt bin.

„Sie ist geimpft, entwurmt und kastriert, alles erledigt. Und, wir haben eine Tierarztversicherung für dich abgeschlossen, keine Panik also, wenn mal was ist!", ergänzte der Papa ganz sachlich. Doch die Oma Anni hatte nur Augen für mich. Sie ließ mich keine Sekunde los.

„Trixi!", stellte sie dann lächelnd fest. „Du heißt Trixi!"

Das klang sehr bestimmt und niemand widersprach. Dann sah sie sich überrascht um und ich mit ihr. Wir standen in einem Raum ohne viele Möbel, doch mit mir auf dem Arm wanderte sie weiter in ein Zimmer, in dem tatsächlich ein riesiger Tannenbaum stand. Ich erkannte das sofort, denn vor dem Fenster im Tierheim stand auch so ein Baum und Daniela hatte ihn Tannenbaum genannt. Nur dass dieser Tannenbaum über und über mit glitzernden Ku-

geln und kleinen Lichtern behangen war. Er war der wunder-
schönste Baum, den ich je gesehen hatte. Ich war völlig sprachlos.
Die Jungs auch, denn ich sah, wie sie stumm den Baum anstarrten.

„Ich weiß, ich wollte eigentlich keinen Baum dieses Jahr, aber
nachdem ihr ja die halbe Verwandtschaft eingeladen habt, konnte
ich nicht anders!", lachte meine Oma Anni. Sie hielt mich so fest, als
ob sie mich nie mehr loslassen wollte, und ich begann, es zu mögen.

„Nun, Kinder, ihr habt mich so überrascht mit meiner kleinen
Trixi, ich bin gar nicht vorbereitet auf eine Katze!", sagte sie und
schaute dabei besonders die Mama der Jungs an.

„Mach dir keine Sorgen!", lächelte diese und sah dabei irgendwie verschmitzt aus. Ganz so wie Daniela, wenn sie mir einen
kleinen Wurstzipfel heimlich zugesteckt hatte. „Wir haben an alles
gedacht, wie Michael gesagt hat. Alle werden nachher etwas mitbringen und am Ende des Tages bist du perfekt für die kleine Trixi
gerüstet! Nach allem, was du letztes Jahr durchmachen musstest,
sollst du jetzt endlich dein Leben wieder genießen! Auch wieder
mit einer Katze!"

Wir setzten uns an einen hübsch gedeckten Tisch, das heißt,
die Menschen setzten sich an diesen Tisch, ich blieb ganz nah bei
meiner Oma Anni. Sie ließ mich nämlich immer noch nicht los.
Ich schnurrte ganz sanft und sie streichelte mich, währenddessen
hörte ich die Jungs leise hinter uns rumoren.

„Sie spielen nur mit ihren Autos!", sagte Oma Anni und lächelte. Meine Ohren hatten sich bei den unbekannten Geräuschen
aufgerichtet, und sie hatte sofort gewusst, warum. Sie verstand
mich! Das fing ja wunderbar an mit uns beiden.

Während ihre Hand also weiter auf meinem Fell ruhte und sie
nicht müde wurde, mich zu streicheln, unterhielt sie sich mit der
Mama und dem Papa, der Michael hieß, wie ich mitbekommen
hatte. Ich erfuhr, dass die Mama auch einen Namen hatte, nämlich Astrid, und dass meine Oma Anni die Mutter von Astrid war.
Ich sah sie unauffällig an, so alt sah sie noch gar nicht aus! War sie
auch gar nicht, in zwei Jahren würde sie sechzig Jahre alt werden,
denn Michael plante diese Feier bereits. Und von Lulu hatte ich
mal gehört, dass Menschen locker über achtzig Menschenjahre

alt werden, also war meine Anni wohl im besten Alter. Sie arbeitete als Grafikerin von zu Hause aus, deshalb hatte sie ja auch so
viel Platz und war viel daheim. Und sie war krank im letzten Jahr,
was Astrid sehr geängstigt hatte. Aber nun war sie, wie sie selbst
betonte, wieder vollkommen gesund und hatte auch vor, es zu
bleiben. Ja, beschloss ich, wenn ich konnte, würde ich dafür sorgen, dass sie gesund blieb. Und allein war sie ja nun nicht mehr,
nun war ich ja da! So langsam gefiel mir die Sache. Ich lauschte
also weiter.

„Nur raus lasse ich sie nicht!", erklärte Anni ihrer Tochter
ernsthaft. „Da könnt ihr mir sagen, was ihr wollt, Trixi bleibt drin!
Nochmal will ich das nicht erleben!"

Ich sah, wie Astrid und Michael sich einen gewissen Blick zuwarfen, dann nickte Michael. „Das verstehen wir doch, Anni,
auch, dass du nicht vergessen kannst, was mit Marlene geschah.
Aber du hast damals ja auch direkt an einer Hauptstraße gewohnt
und sie ist immer rausgegangen. Da konnte sie leicht überfahren
werden. Doch das ist jetzt über zehn Jahre her, und du bist ein
großer Katzenfan, ich kenne niemanden, der so viel von Katzen
versteht wie du! Du solltest eine Katze haben, deine Trixi, ihr
werdet prima miteinander zurechtkommen. Sie ist keine Straßen-
katze und auch nicht daran gewöhnt, draußen rumzustromern.
Also kannst du sie getrost drin behalten. Ich habe mich extra mit
den Leuten im Tierheim abgesprochen, sie haben uns diese Kleine
als Wohnungskatze direkt empfohlen, weil sie auch ein bisschen
ängstlich und zögerlich ist. Und eben noch sehr jung. Es wird prima funktionieren, ganz bestimmt!"

Dass er so sanft sprechen konnte, hätte ich diesem Mann gar
nicht zugetraut! Trotzdem schauderte es mich bei dem Gedanken
an das Gehörte. Vom Auto überfahren, grauenhaft! Sie wechselten
schnell das Thema und als es gerade besonders kuschelige wurde, Anni hatte gerade beschlossen mir etwas zu futtern zu geben,
lärmte es durchdringend.

„Das ist nur die Klingel!", beruhigte mich Anni und marschierte
mit mir auf dem Arm zur Wohnungstür. Dort wurde es sogleich
ziemlich hektisch, denn es kamen zwei weitere Menschen, die

erst Anni und dann mich begrüßten! Sie schleppten große Pakete
hinein und dann klingelte es wieder.

„Ach, mein Neffe, wer hätte das gedacht!", lachte Anni, als sie
die neuen Gäste empfing und trug mich dabei immer noch mit sich
herum. Was war ich froh, dass sie mich nicht losließ, vor allem,
weil nach diesem Neffen noch weitere Leute kamen.

„Wir haben echt alle eingeladen, Mama! Ein riesiges, giganti-
sches Weihnachtsfest, das haben wir uns verdient! Wir sind alle
so froh, dass es uns gut geht und wir uns haben, das muss gefeiert
werden. Und Weihnachten ist doch der perfekte Anlass, oder?"
Astrid blühte mit jedem Gast mehr auf. Sie hatte sogar eine Liste
dabei und hakte die Leute ab.

„Jetzt fehlt nur noch Adele, dein Patenkind, aber sie hat gesagt,
dass sie später kommt, weil ihre Schicht im Krankenhaus nicht
früher endet. Also kannst du jetzt auspacken!", stellte sie nach
dem letzten Klingeln fest. Ich hatte längst aufgehört, die Leute zu
zählen, den Überblick, wer da eigentlich wer war und wie hieß,
hatte ich nach dem dritten Klingeln verloren. Ich krallte mich an
meine Anni. Sie war mein Fels in der Brandung. Doch zum Auspacken der Pakete ließ sich mich los! Sofort grabschte einer der
Jungen nach mir, die ich ohne ihre Jacken nicht mehr auseinander-
halten konnte.

„Komm her, Trixi, ich passe auf dich auf!" Eine Wahl hatte ich
wohl nicht, also ließ ich es geschehen, doch so richtig fest hielt er
mich nicht. Ich rutschte von seinen Beinen und landete unsanft
auf dem Boden zwischen all den Füßen.

„Hey, seid doch mal ein bisschen vorsichtiger, ihr macht der
Kleinen doch Angst!", hörte ich Anni sagen und schlug mich in die
Richtung durch, aus der ihre Stimme kam. Sie raschelte mit Papier
und hatte schon eine ganze Menge Sachen ausgepackt.

„Komm her, Trixi, es ist alles gut. Komm!", rief sie. Nichts lieber
als das! Ich sprang über das Papier und es raschelte, als ich auf
einem Stück landete.

„Hier, du kannst damit spielen!", lachte Anni und wedelte mit
einem Bändchen vor meiner Nase herum. Daran hing etwas, eine
kleine Kugel?

„Das ist ein Katzenspielzeug!", erklärte eine fremde Stimme aus dem Hintergrund.

„Das habe ich mir gedacht!", lachte Anni weiter und ließ mich damit spielen. Sie selbst wandte sich wieder den Paketen zu.

„Der Futtervorrat reicht mindestens für ein halbes Jahr, wenn nicht länger!", stellte sie heiter fest. „Siehst du, Trixi, sie haben wirklich an alles gedacht! Ein Körbchen, in dem du schlafen kannst, mit kuscheliger Decke und sogar einem Kissen drin. Und eine Katzentoilette natürlich!"

Anni freute sich und packte weiter aus. „Noch mehr Spielzeug, da wird Trixi ja gar keine Zeit mehr haben, mit mir zu schmusen!"

„Die habe ich bestimmt!", mauzte ich ihr zu, bevor mir wieder einfiel, dass sie mich ja nicht verstand. Immerhin registrierte sie mein Mauzen und strich mir sanft übers Köpfchen. Dann nahm sie mich wieder auf den Arm, endlich. Nun war ich erst mal wieder sicher. Sie setzte sich zu den anderen und alle redeten wie wild durcheinander, bevor es irgendwann erneut an der Tür schellte. Das Geräusch erschreckte mich immer noch. Mit mir auf dem Arm marschierte Anni zur Tür, doch dort war niemand. Also drückte Anni auf einem kleinen Gerät direkt neben der Tür herum.

„Ich bin's, Adele, ihr müsst mir mal tragen helfen!", rauschte eine Stimme.

Michael, die Jungs und noch zwei Männer standen schon hinter uns bereit. Anni drückte mich einem der Jungs auf den Arm.

„Halt sie schön fest!", ermahnte sie ihn, während sein Bruder nach der roten Jacken griff und nach unten rannte. Das wollte sich der zu meinem Beschützer auserwählte wohl nicht gefallen lassen. Mit einem Aufwand, der mich fast zu Boden stürzen ließ, zwängte er sich in seine blaue Jacke und lief dann mit mir ebenfalls die Treppe hinab. Es schaukelte gewaltig und ich hatte Mühe, mich an ihm festzukrallen.

„Au!", schrie er plötzlich auf, ließ mich kurz los und ich fiel zu Boden. „Du hast mich gekratzt!", schmollte er, während ich versuchte, den ganzen Füßen auszuweichen, die vor dem Haus herumtrampelten und versuchten, etwas Großes, Gewaltiges aus einem dafür viel zu kleinen Auto zu hieven.

„Ich habe einen Kratzbaum!", hörte ich eine recht junge Stimme sagen. „Alles Liebe zu Weihnachten, Tante Anni!"

Dann trat mir jemand auf den Schwanz! Ich schrie auf, zog ihn
ein und suchte hektisch nach einem Ort, wo ich niemandem im
Weg war. Doch den gab es in dem ganzen Getümmel nicht. Ich
wich den Füßen aus, die, vermutlich wegen meines Aufschreis,
nun auf mich aufmerksam geworden waren.

„Wieso läuft Trixi denn hier unten rum?", fragte Papa Michael
streng. „Du solltest doch mit ihr oben bleiben!"

Blaujacke sagte etwas, es klang schuldbewusst, doch so genau
konnte ich das wegen der Entfernung nicht verstehen. Ich musste
irgendwie zu ihm gelangen, erkannte ich. Dann konnte er mich
wieder auf den Arm nehmen und ich war gerettet. Wenn ich erst
mal wieder oben in der Wohnung war, würde ich diese ganz bestimmt nicht mehr freiwillig verlassen! „Au!", schrie ich erneut
auf. Mir war schon wieder jemand auf den Schwanz getreten. Diese ganzen großen beschuhten Füße! Sie waren so gewaltig, dass
ich mich am liebsten in Luft aufgelöst hätte. Und sie liefen alle
durcheinander, ich konnte nie voraussehen, wohin sie als Nächstes
traten, und ich war scheinbar überall im Weg. Ich beschloss, mich
zu ihm durchzuschlagen, zwängte mich dich an der Hauswand
an den ganzen Füßen vorbei und stand plötzlich vor einem Hund!

„Wau!", bellte der auf und ich erschrak wie nie zuvor. Ein
Hund? Hier? Pure Panik erfasste mich! Im Tierheim hatte ich
schon oft Hunde böse bellen gehört und mich jedes Mal entsetz-
lich gefürchtet. All die gruseligen Geschichten von Lulu und den
anderen, die sie über Hunde erzählten, fielen mir wieder ein. Im
Tierheim waren die Hunde von uns getrennt gewesen – nun stand
einer direkt vor mir. Und er sah gar nicht freundlich aus! Er zerrte
an seiner Leine und die Menschen wurden noch aufgeregter, alle
redeten durcheinander und meine Pfoten setzten sich wie von
selbst in Bewegung. Dass ich wegrannte, bemerkte ich erst, als die
Stimmen hinter mir immer leiser wurden, doch der Hund bellte
immer noch ganz laut. Also lief ich weiter, von Panik und Angst
getrieben. Quer über eine Straße und an einer langen Mauer vorbei, dann quietschte neben mir etwas, ich erschrak erneut und

rannte, was meine Pfoten hergaben. Erst, als ich ein paar Hecken sah, flüchtete ich mich dort hinein. Ich war ganz außer Puste und es dauerte eine Weile, bis mir klar wurde, dass ich gerade den größten Fehler meines Lebens gemacht hatte – ich war meinen Menschen davongelaufen! Nun war ich ganz allein und hatte so schreckliche Angst wie nie zuvor. Ich versuchte mich an den Weg zu erinnern, doch mein Gedächtnis ließ mich im Stich. Ich hatte keine Ahnung, wie lange oder wie weit ich gelaufen war, ich wusste ja nicht einmal, wie das Haus, in dem meine Anni lebte, überhaupt aussah! Was sollte ich denn nun machen? Anni hatte sich so über mich gefreut – und nun das! Lulu fiel mir ein, sie hatte mich doch gewarnt! Und ich hatte nicht auf sie gehört! Was hatte ich nur getan!

* * *

„Also, dein Weihnachtsabend ist an Aufregung ja wohl kaum mehr zu überbieten!", stellte Hugo fest, als die kleine Trixi fertig war. Und sie war nicht nur mit ihrer Geschichte fertig, sie war auch sonst ganz schön neben der Spur. Sie zitterte und ich konnte mir ausmalen, wie ihr zumute war. Es war erst ein Jahr her, als ich von zu Hause weggelaufen war. Gut, ich war damals nicht neu gewesen in meiner Familie, aber ich hatte den Weihnachtsbaum umgerissen und ich dachte, sie wären so böse auf mich, dass sie mich nie mehr sehen wollten. Was hatte ich mich geirrt!

„Es kommt alles wieder in Ordnung!", beteuerte ich deshalb ganz aufrichtig und stupste Trixi zärtlich an. „Menschen verzeihen uns viel, glaub mir. Du bist in Panik geraten! Das kann dir niemand vorwerfen. Sie werden dich sicher schon vermissen! Du hast nichts falsch gemacht, du bist deinen Instinkten gefolgt! Wir sind Katzen, keine Menschen. Die denken vorher drei Mal nach, wenn sie etwas tun wollen, zumindest die großen Menschen! Aber wenn ich das richtig verstanden habe, sollte der Junge ja mit dir auch gar nicht auf die Straße gehen! Denk mal daran, wie viel Ärger der jetzt mit seinen Eltern bekommt! Hätte er getan, was seine Oma verlangt hat, wäre gar nichts passiert!"

„Ja!", stimmte mir Mohrle zu. „Du bist nicht allein schuld an
der Situation! Du hast nur deinem Fluchtreflex nachgegeben. Aber
dieser Bengel hätte mal lieber hören sollen. Andererseits, er ist
noch ein Kind, die überschauen viele Situationen gar nicht, er
wollte ganz bestimmt nicht, dass dir etwas passiert!"

„Ich hätte ihn nicht kratzen dürfen!", stellte Trixi bekümmert
fest.

„Du wolltest nicht runterfallen!", erinnerte sie Mohrle sanft.
„Du bist eine Katze, eine junge, unerfahrene dazu. Woher solltest
du wissen, welche Konsequenzen das hat? Glaub mir, der Junge
bekommt ganz schön Ärger!"

„Ich habe ihnen den Weihnachtsabend verdorben!", jammerte
Trixi. „Und wegen mir kriegt er bestimmt nun keine Geschenke!
Dafür wird er mich hassen!"

„Dazu muss er dich erst mal finden!", stellte Eddie sachlich
fest. „Und in die Hände bekommen. Andererseits ist es ja genau
das, was wir wollen – dass sie dich finden und nach Hause holen,
oder?"

„Vielleicht suchen sie dich ja schon?", gab Mohrle zu bedenken.

Trixi jedoch mauzte nur kläglich auf. „Ich glaube nicht! Sie wissen doch gar nicht, wo ich hingelaufen bin!"

„Du bist ihr Weihnachtsgeschenk!", erinnerte ich sie liebevoll.
„Sie wird dich wiederhaben wollen! Glaub mir, Menschen sind
da echt komisch, wenn es um ihre Weihnachtsgeschenke geht!
Janina hat einmal eine ziemlich scheußliche Jacke von Alexander zu Weihnachten bekommen. Sie glitzerte überall und hatte
irgendeinen Aufdruck. Janina fand sie ganz furchtbar, vor allem
die orange Farbe, und ich dachte schon, sie überlässt sie mir
zum Spielen. Aber nein, sie ärgerte sich zwar über das blöde Geschenk, doch anrühren durfte ich sie nicht. Schlimmer noch, als
Alexander sie nach Weihnachten umgetauscht hatte, war sie echt
sauer. Es war eben ihr Weihnachtsgeschenk und darüber hat nur
sie zu entscheiden! Glaub mir, deine Anni wird dich wiederhaben
wollen!"

„Natürlich will sie das!", stimmte mir Hugo zu. „Denk doch nur
mal daran, dass sie jede Menge Kram für dich geschenkt bekom-

men hat! Was soll sie auch sonst mit einem Katzenklo und einem Katzenkörbchen machen! Und erst das viele Futter!"

„Sie könnte ins Tierheim gehen und sich eine andere Katze aussuchen!", miaute Trixi kläglich. „Dort gibt es viele Katzen, die alle ein schönes Zuhause suchen und nicht so blöd sind wie ich und weglaufen! Sie hatte doch gar keine Zeit, mich kennenzulernen."

Was sollte ich dazu sagen? Sie tat mir so leid! Darüber vergaß ich fast mein eigenes Problem. Allerdings nur fast.

„Wenn ich wüsste, wie ich wieder nach Hause kommen soll, würde ich dich einfach mitnehmen!", sagte ich stattdessen.

„Oh, du kannst mit mir mitkommen!", bot Eddie spontan an. „Ich habe nämlich auch ein Zuhause! Ein ganz tolles sogar!"

„Kommt überhaupt nicht infrage!", widersprach jedoch Hugo entschieden. „Trixi muss zurück zu ihrer Anni. Dort hat sie ein Zuhause. Und das wird sie wiederfinden. Das ist das Beste für sie und auch für den Jungen, der sie hat entwischen lassen! Notfalls müssen wir nachher die ganze Gegend absuchen und schauen, ob ihr etwas bekannt vorkommt! Wir kriegen schon raus, wo deine Anni wohnt, keine Sorge! Und so lange bleibst du eben erst mal bei uns!"

Damit waren alle einverstanden. Nun erst fiel mir ein, was ich Hugo schon die ganze Zeit fragen wollte „Was war mit Margarete?"

Hugo schniefte. „Furchtbare Sache!", brummte er und blickte in die Runde. „Ich schätzte, ihr wollt die Geschichte hören, oder?"

„Unbedingt!", beteuerte Mohrle und rutschte ein Stückchen zu Trixi und mir rüber. „Los, erzähl schon!"

„Na schön!", gab Hugo nach. „Dann hört mal gut zu!"

Entführt –
Hugo landet im Krankenhaus

Hugo erzählt

Das Drama begann an einem Sonntagmittag, genauer gesagt am zweiten Advent. Daniel, mein Freund und menschlicher Dosenöffner, mit dem ich seit inzwischen ganzen vier Jahren mein Katzenleben teilte und der mir, wann immer es sein Dienstplan als Krankenhausarzt ermöglichte, Gesellschaft leistete, war wie so oft zum Wochenenddienst eingeteilt. Nachdem Daniel und ich die ersten drei Jahre allein verbracht hatten, gab es seit letztem Jahr ein weibliches Wesen, und zwar keines auf vier Pfoten, sondern auf zwei Beinen, das Daniel in seinen Bann zog: Theresa! Sie war hübsch, hatte lange, rote Haare und war wirklich das netteste Frauchen, das Daniel sich hätte an Land ziehen können. Gut, ohne meine Hilfe hätte er das zwar nicht geschafft, aber wir beide taten natürlich so, als wäre es ganz seine Idee gewesen, den Heiligen Abend im vergangenen Jahr mit ihr zu verbringen. Dass sie Tierärztin war, verzieh ich ihr dann auch, obwohl Tierärzte, und da werden mir alle Katzen recht geben, ganz sicher nicht zu den Menschen gehören, für die wir Katzen die größten Sympathien aufbringen. Doch Theresa war anders, meist vergaß ich sogar, dass sie Tierärztin war! Sie duftete lecker nach Blumen und manchmal nach Aprikose, das lenkte ab.

Seitdem also Daniel und Theresa diese Beziehung hatten, besuchte ich sie auch öfter in ihrer Wohnung, die ich praktischerweise direkt über unseren Balkon erreichen konnte. Für mich als ausgemachten Kletterprofi war es ein Leichtes, über die Blumenkästen zu springen und dann einen Satz auf ihre Balkonbrüstung zu machen. Meist lebte sie allein in ihrer Wohnung, obwohl ihre

Mutter Margarete sie sehr oft besuchen kam. Doch nun war Margarete bei ihr erst einmal eingezogen.

„Sie sanieren das ganze Haus, bei dem Lärm kann sie unmöglich dort bleiben!", hatte Theresa Daniel erzählt. Und natürlich hatte der das auch sofort verstanden. Mich hatte die alte Dame, die mit ihren fünfundsiebzig Jahren ausgesprochen rüstig war, sofort in ihr großes Herz geschlossen. Sie steckte mir Leckerlis zu, mehr als ich vertilgen konnte, und kraulte mich gern hinterm Kopf, oder wir machten es uns auf dem Sofa gemütlich und hielten ein Schläfchen. Generell streichelte sie mich sehr gern. Auch wenn ich es nie zugeben würde, aber Streicheleinheiten dieser Art fehlten mir bei Daniel schon etwas, aber ein ausgewachsener Kater wie ich beschwert sich über das Fehlen derartiger Sentimentalitäten natürlich nicht. Erst im Februar würde sie wieder in ihre Wohnung zurückkehren können, bis dahin jedenfalls hatte ich noch ausreichend Gelegenheit, meine zärtliche Seite auszuleben.

Ich hatte gerade meine morgendliche Inspektionsrunde beendet, die ich nach dem Frühstück begann und die mich von unserer Wohnung erst zu ein paar Futterplätzen für frei lebende Katzen vorbei zur Wohnung von Theresa führte, die überraschenderweise gar nicht zu Hause war. Dafür war aber Margarete da, wir spielten ein bisschen mit dem ganzen Katzenspielzeug, das sie für mich angeschafft hatte, dann kuschelten wir. Doch nicht lange, denn das Telefon klingelte und Margarete griff danach. Leider entglitt ihr das blöde Teil und flog direkt unter die Couch.

„Mist!", ärgerte sie sich, hangelte sich hoch und machte sich auf den Weg zum Flur. Dort stand ein weiteres Telefon. Sie hatte es eilig, anders ist es wirklich nicht zu erklären, doch sie schaffte es nicht bis zum Telefon! Meine graue Wollmaus verdeckte mit ihrem plüschigen Maul den darunterliegenden kleinen Ball, Margarete trat direkt darauf – und verlor das Gleichgewicht. Sie schrie auf, ganz furchtbar, und fiel dann der Länge nach zu Boden! Obwohl meine Reflexe erstklassig sind, konnte ich rein gar nichts ausrichten! Nach dem ersten Schreck sprang ich sofort zu ihr, sie bewegte sich nicht mehr! Was sollte ich denn jetzt machen? Das

Telefon hatte inzwischen aufgehört zu klingeln, aber auch wenn ich Daniel schon hundert Mal dabei zugesehen hatte, ein Telefon bedienen konnte ich nicht! Aber ich musste doch etwas tun! Ich schlich um sie herum, puh, sie atmete noch, zum Glück! Vorsichtig stupste ich sie mit der Nase an der Wange an, keine Reaktion. Meine Pfoten zitterten schon vor Aufregung und ich begann in meiner Verzweiflung ihr Gesicht abzulecken, plötzlich stöhnte sie auf! Sie kam zu sich und ich tat das Einzige, was ich tun konnte, ich sauste zurück ins Wohnzimmer, kroch unter die Couch und schubste das Mobilteil des Telefons in ihre Richtung. Wenn sie bei Bewusstsein war, so meine Überlegung, konnte sie Hilfe holen!

Zum Glück musste sie das nicht mehr, denn im gleichen Moment hörte ich, wie jemand den Schlüssel ins Schloss steckte: Theresa kam zurück! Ihr Schreck beim Betreten des Flurs hätte größer nicht sein können, als sie ihre Mutter hilflos am Boden liegend vorfand!

„Mama!", rief sie. „Was ist denn passiert? Mama? Kannst du mich hören?" Sie griff fast schon automatisch nach dem Telefon und rief einen Krankenwagen, dann versuchte sie weiter mit ihrer Mutter zu sprechen, doch Margarete stand offenbar unter Schock, denn sie brachte kein Wort heraus. Was bedauerte ich es in dem Moment, nicht direkt mit meinen Menschen sprechen zu können, denn ich hätte ja genau erklären können, was passiert war. Aber so vermutete Theresa das Schlimmste!

„Vielleicht ein Infarkt oder ein Schlaganfall!", erklärte sie dem herbeigeeilten Notarzt. Als sie versuchten, Margarete auf eine Trage zu legen, stöhnte sie auf. Oh je, sie hatte sicher schlimme Schmerzen. Da merkten dann auch endlich die Menschen, dass ihr etwas wehtat. Um ihren Verdacht zu erhärten, schlug ich mit meiner rechten Vorderpfote so stark ich konnte gegen die blöde Plüschmaus. Vielleicht kamen sie so ja drauf, dass Margarete darüber gestolpert war! Hier zahlte es sich wirklich aus, dass Theresa Tierärztin war, ein normaler Mensch hätte mich sicher nicht mal beachtet, sie aber deutete meinen Wink richtig.

„Sie könnte auch gestürzt sein!", stellte sie sachlich fest. „Mama? Mama? Hörst du mich? Bist du gefallen?" Ihre Stimme klang laut und bestimmend, so hatte ich sie noch nie erlebt, trotzdem nicht hysterisch. Meine Bewunderung für ihre Tapferkeit wuchs von Minute zu Minute.

„Ja!", hörte ich Margarete wispern. Es war wirklich sehr leise, doch nun hatten die Menschen verstanden und änderten ihre Taktik. Sie bewegten sie ganz vorsichtig und versuchten, ihr nicht weiter wehzutun. Es dauerte eine gefühlte Ewigkeit und natürlich verließ Theresa mit ihnen zusammen die Wohnung. Als die Tür hinter ihnen ins Schloss fiel, ließ ich mich ganz benommen auf den Boden plumpsen. Ohne Margarete und Theresa wirkte die Wohnung ganz leer, so ruhig, eben überhaupt nicht normal! Und ohne die beiden hatte ich hier eigentlich auch nichts verloren. Ich sollte gehen, so viel war klar, allein, es ging nicht! So etwas war mir noch nie passiert, aber meine Pfoten verweigerten tatsächlich ihren Dienst. Wie fest gewachsen saß ich auf dem Boden im Flur, die blöde Plüschmaus direkt vor der Nase. Den grässlichen Ball konnte ich unter der Flurkommode ausmachen. Wie von selbst erinnerte ich mich an Daniel, der nicht müde wurde, sich über meine Unordnung, wie er es nannte, zu beklagen.

„Verteil dein Spielzeug doch bitte nicht immer in der ganzen Wohnung!", predigte er mir oft, wenn ich in unserer Wohnung Wollmäuse durch den Flur jagte oder kleine Gummibälle durch die Küche feuerte. Wie viel Spaß das macht, können sich Menschen wohl einfach nicht vorstellen! Das hatte ich jedenfalls nun davon! Hätte ich das Zeug vorhin nicht wie gewöhnlich achtlos liegen gelassen, als wir uns hingelegt hatten, wäre Margarete nicht darübergefallen!

Es war schon fast dunkel, als ich mich endlich über den Balkon wagte. Nicht, weil ich Angst hatte, Daniel unter die Augen zu kommen, nein, ich muss es gestehen, meine Pfoten hätten früher gar nicht mitgemacht! Beschämend, aber ich stand so unter Schock, dass ich mir die Kletterpartie einfach nicht zugetraut hatte! Der Anblick, wie Margarete hilflos auf dem Boden lag, hatte sich fest in mein Katzenhirn eingebrannt. Als ich endlich zu Hause ankam, war die Wohnung leer, mein Futternapf jedoch gefüllt.

Oder hatte ich heute Morgen etwa nicht aufgefuttert? Oje, nun ließ mich mein Gedächtnis auch noch im Stich! Bis es dunkel war, kam niemand. Doch schlafen konnte ich nicht. Ständig fragte ich mich, ob es ein gutes Zeichen war, dass sie noch nicht wieder heimgekommen waren oder nicht. Irgendwann muss ich dann wohl doch weggedämmert sein, als ich das nächste Mal die Augen aufschlug, hörte ich Daniel. Mit Theresa, die in dieser Nacht ganz sicher nicht allein sein wollte.

„Sie wird wieder!", sagte Daniel und legte tröstend seinen Arm um Theresa.

„Ich weiß!", flüsterte sie und griff nach einem Taschentuch. „Sie ist ja schon wieder bei Bewusstsein, aber ich konnte einfach nicht gehen, ehe ich nicht wusste, ob sie die Operation gut überstanden hat! Sie hatte ja schon länger Probleme mit der Hüfte, nun auch noch dieser Sturz!"

Margarete würde wieder gesund werden! Diese Botschaft kam als Erstes bei mir an und instinktiv mauzte ich erleichtert, was die beiden auf mich aufmerksam machte.

„Komm her, Hugo!", verlangte Theresa. Ich näherte mich ihr zögerlich, doch sie war ganz offensichtlich nicht böse auf mich.

„Schimpf nicht mit ihm, Schatz, Hugo ist eine Katze und damit nicht fürs Aufräumen zuständig!", erinnerte sie Daniel.

„Ich weiß!", gab er sich zerknirscht und nahm mich hoch. Das tat er wirklich selten, also ließ ich ihn machen. „Aber trotzdem sage ich ihm immer, dass er sein Spielzeug nicht überall verteilen soll! Irgendwas muss ich in seiner Erziehung wohl falsch gemacht haben!"

„Vielleicht!", schmunzelte Theresa. Wenn auch nur leicht. „Aber Katzen kann man nicht wirklich erziehen, das weißt du ja! Aber wenn du unbedingt einen folgsamen, erziehbaren Hausgenossen hättest haben wollen, dann hättest du dir ja einen Hund angeschafft, nicht wahr? Aber du bist ein Katzenmensch, genau wie ich, und deshalb liebe ich dich ja auch so!"

Das hatte sie wirklich schön gesagt. Doch auch wenn Daniel mir keine Schuld an Margaretes Sturz gab, ich gab sie mir! Ich war dabei gewesen und dann dieser Anblick … vermutlich würde der mich ewig verfolgen. Ob es ihr wirklich gut ging? Natürlich klärten die beiden mich nicht detailliert über ihren Gesundheitszustand auf. Trotzdem hätte mich sehr interessiert, wie lange Margarete nun in der Klinik bleiben musste! Etwa bis Weihnachten? Oder noch viel länger? Ich hatte ja keine Ahnung von solchen Dingen! Da war Daniel der Experte, zum Glück hatten wir ja einen Arzt im Haus.

Die nächsten Tage verbrachte Theresa weiter bei uns. Was mich nicht besonders störte, Daniel schon gar nicht. So bekam ich wenigstens ein bisschen mit, wie es Margarete ging. Und auch, dass sie abends mit ihr telefonierte! Margarete ging es also immerhin so gut, dass sie sprechen konnte, was für eine Erleichterung! Nichtsdestotrotz war mir die Lust am Spielen gründlich vergangen. Ich mochte weder die Plüschtiere noch die Bälle mehr sehen, stattdessen streifte ich draußen um die Häuser. Aber auch das war bei Regen und Matschwetter nicht die reinste Freude. Selbst meine Freundin aus dem Nachbarhaus blieb bei dem Wetter lieber drin und aufs Alleinsein, etwas, das mir sonst eigentlich nichts ausmachte, hatte ich auch keine Lust.

Vielleicht lag es an meiner deprimierten Grundstimmung oder der ganzen Aufregung wegen Margaretes Krankenhausaufenthalt, aber irgendwann fiel mir doch auf, dass Daniel ganz offensichtlich etwas im Schilde führte. Nur was, das bekam ich vorläufig nicht heraus, denn mit Theresa sprach er nicht drüber. Stattdessen führte er neuerdings Selbstgespräche, die irgendwie ganz merkwürdig klangen. Irgendwie reimte sich das alles, ich hatte so etwas jedenfalls noch nie gehört. Er begann heimlich zu telefonieren und dann machte er sich auch, wenn er schon mal tagsüber frei hatte, unter fadenscheinigen Ausreden aus dem Staub.

„Ich muss noch Futter für Hugo besorgen!", war jedenfalls die dämlichste Ausrede aller Zeiten, denn wenn wir eines genug im Haus hatten, so war es Katzenfutter. Ich hätte locker zwei oder drei Hungersnöte überstehen können, und da rede ich nur von dem Trockenfutter, was in der Kammer lagerte. Überraschenderweise nahm Theresa ihm das auch noch ab. Sie war vielmehr damit beschäftigt, ihren Schmuck zu suchen. Okay, ein altes Familienschmuckstück war sicher ein guter Grund, abgelenkt zu sein, vor allem, wenn man bedachte, dass sie dieses von ihrer Mutter geschenkt bekommen hatte. Sie fand es zum Glück in den folgenden Tagen wieder.

„Mama hat mich heute tatsächlich gefragt, ob ich ihr nicht Hugo in die Klinik schmuggeln könnte, ihr ist so langweilig!", erzählte Theresa ein paar Tage später lachend Daniel. Noch bevor der protestieren konnte, winkte sie jedoch ab.
„Keine Angst, ich habe ihr genau erklärt, warum Tiere nicht in ein Krankenhaus gehören, auch wenn sie ein Einzelzimmer hat. Aber das wollte sie ja auch so haben, keine fremden Menschen um sich herum. Dann darf sie sich nun auch nicht beschweren, dass es ihr langweilig ist. Und Hugo ist sicher nicht unbedingt der geborene Krankenhauskater!"
Nun, Letzteres konnte ich sicher nicht beurteilen, aber immerhin war ich sehr erleichtert zu hören, dass Margarete mich noch immer gern bei sich haben wollte. Am Ende des Abends bekam ich mit, wie Theresa Daniel direkt fragte, ob es nicht doch möglich sei, mich mal kurz mit zu einem Besuch zu nehmen. Erwartungsgemäß lehnte er ab. Wenn auch nicht so empört, wie ich es vermutet hatte, aber das lag ganz bestimmt daran, dass er Theresa so mochte.

Exakt eine Woche nach dem tragischen Vorfall passierte es: Ich machte mich auf den Weg zu meiner Inspektionsrunde, als mich fast direkt vor unserem Haus plötzlich und unerwartet zwei derbe Hände packten. Sie steckten in festen Handschuhen, gegen die meine Krallen, die ich instinktiv ausfuhr, keine Chance hatten. Ich strampelte, biss und kratzte, was das Zeug hielt, doch die Hände ließen mich einfach nicht los! Ehe ich mich versah, saß ich in einer undurchsichtigen Plastebox fest, und ich hörte zwei Menschen miteinander tuscheln. Katzenfänger? Mein Herz raste! So viel Pech in einem Monat konnte doch keiner haben! Und überhaupt, wie kamen die beiden dazu, mich einzufangen? Ich war ein Hauskater auf Freigang, jemand, der ein Zuhause hatte! Energisch schlug ich mit meiner rechten Vorderpfote an die Box und fauchte, so laut ich konnte. Doch sie ignorierten mich, dann hörte ich einen Motor starten. Auch wenn ich mit Daniel für gewöhnlich nicht Auto fuhr, so kannte ich durch meine Ausflüge so ein Motorengeräusch gut. Es stammte von einem ganz normalen Auto. Kein großer Lastwagen, auch keiner von diesen Lieferwagen, es klang nach einem gewöhnlichen Personenwagen, wie sie zu Tausenden auf den Straßen unserer Stadt unterwegs waren. Machte das die Sache besser? Ich wusste es ehrlich gesagt nicht. Irgendwann sah ich ein, dass sie mich entweder nicht hören wollten oder es aufgrund der Lautstärke nicht konnten. Also sah ich mich in der kargen Box um – und entdeckte in einer Ecke ein Stück Leberwurst. Kalbsleberwurst, um es genau zu sagen, meine Leib- und Magenspeise. Ich liebe Kalbsleberwurst, energisch schnappte ich danach, beherrschte mich doch im letzten Moment. Das könnte euch so passen, mauzte ich vor mich hin. Mich mit einem Stückchen Leberwurst aufs Glatteis führen! Vermutlich war sie sogar vergiftet, obwohl, ich schnupperte daran, nein, vergiftet schien sie nicht zu sein, sie schnupperte herrlich. Ich überlegte eine Weile, entschied dann aber schweren Herzens, sie zu ignorieren. Doch natürlich hielt ich das nicht lange durch, ich bin bloß ein Kater, kein Superheld, ich hielt der Versuchung nicht stand. Der Motor tuckerte immer noch laut vor sich hin, offensichtlich fuhren wir durch den Stadtverkehr, reimte ich mir zusammen, denn wir fuhren an, stoppten, fuhren weiter, hielten wieder an. Ich vertilgte die Leberwurst mit nur drei Bissen – dann schlummerte ich sanft weg. Das Letzte, woran ich noch dachte, war, dass es wohl wirklich keine gute Idee gewesen war, die Wurst zu fressen.

Als ich das nächste Mal zu mir kam, traute ich meinen Augen kaum – das war Margarete, die sich mit einem deutlich besorgten Gesichtsausdruck über mich beugte!

„Hey, da bist du ja wieder, mein kleiner Racker!", lachte sie, als ich meine Augen ganz öffnete. „Ich hatte mir schon Sorgen gemacht, dass sie dir zu viel von dem Beruhigungsmittel gegeben

haben! Aber anders hätten sie dich hier ja gar nicht reinschmug-
geln können, mein Lieber!"

Margarete strahlte von einem Ohr zum anderen, und nun sah
ich auch die beiden älteren Herrschaften an ihrer Seite.

„Das sind Otto und Lisbeth, Freunde von mir!", klärte mich
Margarete auf. „Ich hatte doch solche Sehnsucht nach dir, Hugo.
Schließlich wusste ich ja nicht sicher, ob es dir gut geht oder ob ich
dich bei meinem Sturz vielleicht verletzt habe!"

„Du hast uns ja nicht geglaubt!", meldete sich besagter Otto
mit einem gewissen Vorwurf in der Stimme zu Wort. „Ich habe
extra mit Theresa telefoniert und sie hat mir versichert, dass es der
Katze gut geht!"

„Kater!", verbesserte sie Margarete. „Hugo ist ein Kater, keine
Katze."

Otto verstummte und Margarete streichelte mich liebevoll. „Ich
musste einfach mit eigenen Augen sehen, dass es dir gut geht,
das war alles! Dass sie dich dazu kidnappen mussten, war doch
aufregend, oder?"

Margarete lachte und die beiden anderen Menschen warfen
sich einen ratlosen Blick zu. Aufregend? Da hatte sie vollkommen
recht, aufregend war es auf jeden Fall. Und wenn ich mir die beiden Herrschaften so betrachtete, war es für sie vielleicht sogar ein
bisschen viel Aufregung gewesen, denn die Jüngsten waren sie
offensichtlich auch nicht mehr. Mein Herzschlag beruhigte sich
jedenfalls augenblicklich. Keine Katzenfänger, nur Freunde von
Margarete, die mich zu ihr gebracht hatten, alles war in schöns-
ter Ordnung. Na ja, zumindest so lange, bis die Tür aufging. Zum
Glück war es nur Daniel, der schnell in seiner Pause nach Margarete schauen wollte, und der staunte nicht schlecht.

„Hugo?", fragte er entsetzt, als er mich sah. Dann fiel sein Blick
auf die Plastikbox und wanderte weiter zu den beiden älteren
Herrschaften und blieb an Margaretes Gesicht hängen, die ihn verschmitzt angrinste.

„Wenn du ihn mir nicht herbringst, muss ich eben anderweitig
dafür sorgen, dass mich mein kleiner Liebling besuchen kommt,
nicht wahr?"

Otto und Lisbeth nutzten die entstandene Verwirrung auf Daniels Gesicht schamlos aus und verabschiedeten sich.

„Sie bringen Ihren Kater doch sicher selber nach Hause, nicht wahr?", fragte Lisbeth, als sie sich an Daniel vorbeidrängte. Margarete schmunzelte immer noch. Es schien ihr sichtlich Spaß zu machen, Daniel in Verlegenheit zu bringen.

„Schön", sagte er, als er seine Fassung wiedergefunden hatte. „Dann bleib du bloß ruhig hier sitzen. Die Box stelle ich mal in die Ecke. Und wenn eine Schwester reinkommt, Margarete, sie darf Hugo nicht erwischen, verstanden?"

Margarete versprach es ihm und versteckte mich nur Minuten, nachdem Daniel das Zimmer verlassen hatte und tatsächlich eine Schwester ein Tablett hereinbrachte, unter ihrer Decke.

„Hach, du bist ja noch viel kuscheliger, als ich es in Erinnerung hatte! Bitte nimm mir die Aktion nicht übel, Hugo, aber ich wollte dich wirklich unbedingt wiedersehen. Vielleicht muss ich von hier aus nämlich gleich zu dieser Rehabilitationskur fahren, dann bin ich Weihnachten gar nicht zu Hause und wir sehen uns eine Ewigkeit nicht!", erklärte sie mir. Sie redete ja sonst auch ständig mit mir und ich war froh, so wenigstens die neuesten Informationen zu bekommen, auch wenn mir die nicht unbedingt gefielen. Weihnachten ohne Margarete? Das war wirklich blöd! Wo sich doch alle auf das Weihnachtsfest freuten! Daniel hatte dieses Jahr extra freigenommen!

„Weißt du, ich hatte ja schon ein paar Mal überlegt, ob ich das mit der neuen Hüfte machen lassen soll oder nicht", redete Margarete weiter. „Nun habe ich eine neue Hüfte bekommen und es ist unglaublich, ich habe keine Schmerzen mehr. Gar nicht, es fühlt sich nicht mal komisch an. Und dabei hatte ich so viel Angst davor!"

Sie schloss die Augen und strich mir sanft übers Köpfchen und ich tat ihr den Gefallen und begann, ein bisschen zu schnurren. Das mochte sie doch so gern. Stunden später, als Daniels Schicht vorbei war, wurde es dann noch mal so richtig aufregend. Er verfrachtete mich statt in die Plastikbox nämlich in seinen Rucksack, der zum Glück recht geräumig war. Seine persönlichen Sachen musste er aber natürlich bei Margarete lassen, die sich sehr darüber amüsierte und ihn noch mal zurückpfiff, weil er sogar die Hausschlüssel ausgepackt hatte. „Und hier, dein Handy passt sicher noch in die Hosentasche. Den Rest gebe ich nachher einfach Theresa mit, die wollte auch noch vorbeikommen, wenn sie ihre Praxis geschlossen hat."

Dann beschwor mich Daniel, mich bloß still zu verhalten. „Keinen Mucks, Hugo, sonst kriege ich gewaltigen Ärger!", ermahnte er mich. Und auch wenn ich kurz geneigt war, ihm wenigstens einen klitzekleinen Streich zu spielen, ließ ich es besser bleiben. Schließlich war Daniel mein ganz persönlicher Mensch, mein Dosenöffner, und wenn er es so wollte, auch mein Herrchen. Die haut man nicht in die Pfanne. Also machte ich keinen Mucks. Zumindest so lange, bis wir draußen und bei seinem Auto waren. Dort stellte Daniel mich respektive den Rucksack mit mir drin erst einmal auf den Beifahrersitz.

„So, und wie soll ich dich nun ohne Box transportieren? Mann, das sind vielleicht Probleme!"

Ich schaute ihn treuherzig an und mauzte ihm aufmunternd zu. Plötzlich klopfte jemand an die Scheibe: Theresa!

„Ich habe früher Schluss gemacht, das geht schon mal! Ach, wen haben wir denn da? Hugo? Lieb von dir Schatz, dass du für Mama eine Ausnahme gemacht hast! Du bist echt der Beste!"

Daniel wurde gleich ein Stückchen größer, murmelte aber dann doch noch was von der fehlenden Box.

„Kein Problem, geh doch noch mal hoch und hole sie. Wenn dich jemand sieht, kannst du sie öffnen und beweisen, dass absolut nichts drin ist. Und ich warte hier derweilen mit Hugo!", schlug sie vor. Die war ganz schön clever. Daniel aber auch, denn er nutzte seine Chance, Margarete zu bezirzen. Denn dass er genau das vorhatte, lag für mich auf der Pfote. Hätte ich an seiner Stelle genauso gemacht. Ein paar Pluspunkte mehr bei Theresa konnten jedenfalls nicht schaden. Und richtig, am Abend bedankte sich Theresa auf ihre Weise bei Daniel für dessen Bereitschaft, für ihre Mutter eine Ausnahme zu machen – und kochte ihm seinen Lieblingsschokoladenpudding nach Art ihrer Urgroßmutter. Den liebte Daniel nämlich inzwischen genauso wie ich meine Kalbsleberwurst.

„Verrat du mich bloß nicht!", raunte er mir zu, als ich mich für die Nacht verabschiedete. Da saßen die beiden noch beim Dessert.

„Ich doch nicht!", mauzte ich ihm zu und ich war sicher, dass er das ganz genau verstand. Manchmal scheint es mit der Verständigung zwischen uns einwandfrei zu funktionieren.

Zum Glück stellte sich vorgestern heraus, dass der Platz in dieser anderen Klinik erst nach den Feiertagen frei werden würde, sodass Margarete Weihnachten zu uns nach Hause durfte. Was war das für eine Freude! Keine Frage, dass Daniel und ich uns praktisch bei Theresa und ihr einquartierten. Theresa hüpfte ganz aufgeregt durch die Wohnung, brachte noch die letzten Teile der Weihnachtsdekoration an, während Margarete es sich im großen Fernsehsessel gemütlich gemacht hatte und ihre Anweisungen gab. Selbst beim Festmenü mischte sie mit und genoss es sichtlich. Dann war es endlich so weit – Heiligabend! Der Baum war herrlich geschmückt, Daniel sei Dank, denn er hatte im letzten Moment noch einen richtig hübschen Baum aufgetrieben. Die Musik erklang leise aus den Boxen, himmlische Weihnachtslieder, die alle so richtig in Stimmung brachten. Nach und nach wurden draußen in den anderen Fenstern auch die Lichter angezündet und unser Weihnachtsbaum erstrahlte exakt in dem Moment, als es draußen dunkel wurde. Was war das für eine Pracht! Doch die eigentliche Überraschung stand uns noch bevor! Wir hatten gerade gegessen – die Menschen ihr Festtagsmenü und ich meines –, als Daniel aufstand und vor Theresa auf die Knie ging. Was dann folgte, nannte Margarete ganz gerührt einen Heiratsantrag und mir kamen seine merkwürdig gestelzt klingenden Worte durchaus bekannt vor. Er hatte nur geübt, fiel es mir wie Schuppen von den Augen. Keine Selbstgespräche, was für ein Glück, ich hatte mir schon fast Sorgen gemacht. Margarete schluchzte gerührt, Theresa flüsterte ein leises „Ja, sehr gern", dann steckte Daniel ihr einen Ring an den Finger, direkt neben ihren wunderschönen Familienerbring.

„Verzeih mir, dass ich ihn mir ausgeliehen habe!", bat Daniel
sie leise. „Aber ich brauchte doch deine Ringgröße! Und selber
ausmessen war mir zu heikel, immerhin habe ich einen echten
Brillantring besorgt! Ein Einkaräter!"

Was für eine Weihnachtssensation! Margarete zwinkerte mir
schelmisch zu, und ich brauchte gar nicht hinzusehen, um zu wissen, wie glücklich meine drei Menschen gerade waren.

Um mich nicht völlig von dieser rührseligen Stimmung anstecken zu lassen, beschloss ich einen Ausflug zu machen. In den
Klostergarten. Zu meinen Katzenfreunden. Denn schließlich war
ja Heiligabend. Zudem wartete sicher schon meine Freundin Molly
auf mich, also ab Richtung Kastanienbaum.

* * *

„Ein Heiratsantrag, wie schön!", schwärmte ich entzückt. Ich erinnerte mich noch gut an Alexanders Antrag. Er war auch vor meiner Janina auf die Knie gegangen und hatte sie ganz romantisch
gefragt. Einen Ring hatte er ebenfalls dabeigehabt, den steckte er
ihr gleich voller Begeisterung an den Finger. Bis zur Hochzeit hatte
es dann auch nicht mehr lange gedauert.

„Was meinst du mit Heiraten?", wisperte Trixi verwirrt. „Ich
habe das noch nie gehört!"

Ehe Hugo zu Wort kam, übernahm ich die Erklärungen.

„Bei den Menschen läuft das ein bisschen anders!", begann ich.
„Sie entscheiden sich für einen Partner, den sie kennenlernen und
heiraten. Dann bleiben sie für immer zusammen und bekommen
vielleicht auch Kinder. So wie Astrid und Michael, verstehst du?"

„Woher willst du denn wissen, ob die beiden überhaupt verheiratet sind?", mischte sich nun Eddie ein. „Du warst doch nicht
dabei und kennst sie gar nicht!"

„Wenn sie zwei Kinder haben, sind sie es bestimmt", fuhr Hugo
ihn an. „Verheiratet sein ist jedenfalls nicht schlimm!", stellte Hugo
selbstgefällig fest. „Nicht, dass ich da persönliche Erfahrungen hätte, aber seit Daniel mit Theresa zusammen ist, ich sage euch, seitdem ist es noch schöner zu Hause. Mit ihm allein war es schon

super, wir hatten eine tolle Zeit, aber nun ist er viel ausgeglichener, glücklicher, zufriedener. Und wenn die beiden heiraten, ziehen sie bestimmt zusammen, dann werde ich noch mehr verwöhnt, ja, das wird richtig klasse!"

„Gewiss!", stimmte Mohrle zu. „Immerhin hast du dann die Tierärztin im Haus!"

Hugo ließ sich dadurch nicht aus der Ruhe bringen. Auch nicht, als Trixi fragte: „Und bekommen die beiden dann auch ein Kind?"

Ich schaute Hugo neugierig an. Ja, das würde mich auch interessieren, doch Hugo blieb völlig gelassen.

„Ich bin ja nicht so furchtbar empfindlich, wenn die beiden ein Baby haben wollen, dann sollen sie sich darum kümmern. Mich würde es nicht stören. Und wenn es mir zu laut wird, haue ich einfach ab. Ich schätze, Margarete würde ein Baby toll finden und mich trotzdem nicht vergessen. Denn immerhin haben wir dann drei Menschen, die sich um ein Baby streiten. Da bleibt jede Menge Zeit und Aufmerksamkeit für mich übrig!", erklärte Hugo selbstgefällig. In mir regte sich Widerspruch. Dieser freche Kater wusste ja gar nicht, worauf er sich da einließ. Andererseits, ich hatte meine Erfahrungen gemacht, vielleicht bekam er das wirklich besser auf die Reihe als ich? Schließlich war ja Theresa auch nicht sein Frauchen, sie kam ja dazu, und Männer und Kater sahen das vielleicht grundsätzlich anders. Vielleicht war Hugo aber auch nur nicht so verwöhnt und eifersüchtig wie ich? Wobei mir spontan wieder einfiel, welches Problem ich hatte: ein abgebrochener Kastanienbaumast! Dass aber auch ausgerechnet mir das passieren musste, ärgerte ich mich. Ich beschloss, Hugo vorläufig zu glauben, der Sache mit seinen vorhandenen oder nicht vorhandenen Eifersuchtsgefühlen aber später auf den Grund zu gehen. Wegen meines durchaus dringenderen Problems, vor allem aber, weil Trixi schon wieder ganz traurig guckte.

„Schade, dass Paula heute nicht da ist!", stellte Mohrle im gleichen Moment fest. Ihr Blick ruhte auf Trixi, und es war unübersehbar, wie sehr die Kleine sie rührte. „Paula treibt sich gern auf dem Polizeirevier herum. Vielleicht hat sie ja mal was aufgeschnappt, was man in so einem Fall machen könnte?"

„Keine gute Idee!", widersprach Hugo. „Selbst wenn wir Paula finden, wird sie ihren Lieblingsspruch loslassen und uns zur Polizei schicken. Weil sie nämlich glaubt, dass die dafür zuständig sind, Trixis Menschen zu finden! Ich allerdings glaube, dass die Kleine dann schneller wieder im Tierheim landet, als uns allen lieb ist!"

Auch wenn ich es nicht gern zugab, aber ich stimmte Hugo zu, Mohrle ebenfalls. Nur Trixi sagte vor Schreck gar nichts mehr. In ihren großen Kulleraugen stand die nackte Angst.

„Ich finde nie mehr nach Hause!", schniefte sie. „Nie mehr! Und ich bin selbst daran schuld! Wäre ich doch nur nie weggelaufen!"

„Ach Trixi!", tröstete sie Mohrle und kuschelte sich ein Stückchen näher an sie heran. „Mach dir nicht so viele Vorwürfe! Das nützt jetzt sowieso nichts mehr! Wir werden eine ganz einfache Lösung finden, versprochen. Du beruhigst dich jetzt erst einmal, und du wirst sehen, wenn du nicht mehr so aufregt bist, dann wirst du dich mit Sicherheit auch wieder an den Weg erinnern, den du bei deiner Flucht genommen hast. Jetzt stehst du noch unter Schock, da wird das nichts. Wie wäre es, wenn ich eine Geschichte erzähle? Mein Weihnachtsfest war nämlich ein richtiges Weihnachtswunder. Eines, das ich selber erlebt habe!"

Während Trixi nun zaghaft zuließ, dass Mohrle sie beschmuste, rief ich begeistert: „Ja, Mohrle, erzähl mal! Was hast du Weihnachten gemacht? Wollte dein Frauchen denn nicht wegfahren?" Ich war so neugierig!

„Ihr werdet nicht glauben, was passiert ist!", erklärte sie uns.

Mohrle war mit Abstand die anständigste und liebste Katze, die ich kannte, zudem war sie schon sehr betagt, was bei ihr aber vor allem hieß, dass sie sehr lebenserfahren war. Sie wusste immer Rat, wenn jemand Hilfe brauchte. Und insgeheim hoffte ich, dass sie auch für meine vertrackte Heimwegsituation eine Idee hatte.

Ein Wunder zu Weihnachten, bitte!

Mohrle erzählt

An Josefs erstem Todestag standen sie zu unserer großen Überraschung vor der Tür: Carina und Hagen! Direkt eingeflogen aus
Botswana, das, wie ich inzwischen natürlich längst wusste, in Afrika liegt. Carina ist die Tochter meiner Hedwig, bei der ich mein
gesamtes vierzehnjähriges Katzenleben verbracht habe. Und Hagen
ist ihr Mann, der als Diplomat in Botswana arbeitet, weswegen die
beiden auch dort wohnen. Tim, ihr Sohn, lebte auch viele Jahre mit
ihnen dort, und solange Josef noch lebte, war es für Hedwig zwar
traurig, ihre Kinder so weit weg zu wissen, aber aushaltbar. Nun
jedoch wurde es für sie fast unerträglich, denn außer mir hatte sie ja
niemanden mehr. Wie gut, dass Tim sich vor einem Jahr dann ent-
schloss, hier bei uns zu studieren. Dass er dann bei seiner Oma und
somit auch bei mir wohnte, lag auf der Hand. Eine für alle Seiten
zufriedenstellende Lösung, und ich lernte schnell, Tims Fähigkeiten
zu schätzen. Sein handwerkliches Talent war unglaublich, er liebte
es, technische Spielereien zu entwerfen. Tims Anwesenheit sorgte
nicht nur dafür, dass Hedwig sich nicht mehr so verloren fühlte,
auch von mir fiel mit seinem Einzug eine Last ab. Hedwig nahm Josefs Tod sehr, sehr schwer, und ich hatte große Angst, sie auch noch
zu verlieren. Wie gern hätte ich mehr getan, um sie irgendwie aufzuheitern, doch meine Möglichkeiten als Katze waren überschau-
bar, um nicht zu sagen, sehr begrenzt. Ich konnte sie anstubsen, sie
aus ihren Gedanken holen und vielleicht zum Spielen animieren,
doch wenn sie sich nicht darauf einließ, hatte ich Pech. Nun hatte
ich jedoch Verstärkung von Tim, der alles tat, um seine geliebte Oma
aufzuheitern. Und das gelang ihm prima. Vielleicht, weil der Aufwand, den Hedwig betrieb, um Tim zu verwöhnen, viel größer war
als der, mich zu versorgen. Sie wusch seine Wäsche, putzte trotz
ihres fortgeschrittenen Alters das ganze Haus einschließlich seines

Zimmers, kochte seine Lieblingsgerichte und kaufte mit seiner Hilfe ein. Da er Autofahren konnte, revanchierte er sich, indem er sie zu ihren Terminen und uns zusammen zum Tierarzt chauffierte. Nicht, dass ich besonders scharf darauf gewesen wäre, meinetwegen hätte der Impftermin auch ruhig ausfallen können, denn auf Spritzen legte ich keinen gesteigerten Wert. Doch solche Termine vergaß Hedwig bedauerlicherweise niemals.

Die Überraschung gelang jedenfalls, Hedwig freute sich sehr über den Besuch von Carina und Hagen, und ihr Glück wäre sicher noch größer gewesen, wäre der Anlass nicht so ein trauriger.

„Weißt du was, Mama, wir haben uns überlegt, dass du dieses Jahr Weihnachten bei uns feierst!", ließen sie die Bombe gleich beim Kaffeetrinken platzen. Während Hedwig vor Schreck gar nicht wusste, was sie sagen sollte, war mir schnell klar, dass das für mich definitiv keine gute Idee war.

„Komm, Mama, bitte, sag jetzt nicht Nein!", bat Carina. „Du und Papa, ihr habt immer versprochen, irgendwann mal zu kommen, nun musst wenigstens du es tun. Immerhin haben wir viele Jahre unseres Lebens dort verbracht! Willst du nicht selber mal sehen, wie es dort aussieht?"

„Schon!", gab Hedwig zögernd zu. „Natürlich bin ich neugierig auf euer Leben in Afrika. Es klingt alles so exotisch, was ihr da erzählt. Dein Vater war da viel mutiger als ich. Bei aller Neugier, Schatz, ich bin nicht mehr die Jüngste! Dieser lange Flug, dann das Klima, ich weiß nicht so recht!", sagte sie.

„Du musst ja nicht allein fliegen, Tim fliegt mit dir und dann feiern wir zusammen Weihnachten, so wie es sich gehört! Unsere Familie ist doch schon klein genug!", redete Carina ihr zu.

Hedwig schossen die Tränen in die Augen, Carina ebenfalls, und als sich die beiden wieder beruhigt hatten, traf Hedwig eine Entscheidung. „So richtig wohl ist mir bei der ganzen Sache zwar nicht, aber wenn ich es gesundheitlich schaffe, dann komme ich euch Weihnachten besuchen!", versprach sie Carina und Hagen. „Wir müssen nur für Mohrle eine Lösung finden, oder kann ich sie mitnehmen?"

Hagen und Carina warfen sich einen vielsagenden Blick zu, und ich tat so, als ginge mich die ganze Sache nichts an, ja, als hätte ich nicht mal meinen Namen gehört. Ich saß auf meinem Stammplatz, beleckte mir die Vorderpfoten und spitzte die Ohren. Ganz unauffällig natürlich.

„Weißt du, Mama, mitnehmen ist vielleicht keine so gute Idee. Die Einreisebestimmungen für Katzen sind ziemlich kompliziert, und selbst wenn wir alle Bescheinigungen einholen und Impfungen vornehmen lassen, kann niemand ausschließen, dass sie Mohrle am Ende nicht doch in Quarantäne stecken, das weiß man in Afrika leider nie so genau. Dann der lange Flug, das ist alles reichlich unkalkulierbar", sagte Carina.

Hedwig nickte bedächtig. „Ja, das hab ich mir schon gedacht!", murmelte sie. „Aber wer soll sich um sie kümmern? Ich kann sie doch nicht einfach hier allein lassen?"

„Wir lassen uns etwas einfallen, Oma!", versprach nun auch Tim. Ihm vertraute ich, schließlich kannte ich ihn inzwischen gut. Trotzdem fand ich die Vorstellung, Weihnachten zum ersten Mal in meinem Leben allein zu sein, auf einmal ganz grauenhaft. Auch wenn ich Carina natürlich verstand. Hedwig war ihre Mama. Und sie hatte nur noch sie, schließlich war sie das einzige Kind von Josef und Hedwig, Geschwister hatte sie keine. Sie hatte bestimmt große Angst davor, irgendwann ganz alleine zu sein, so wie ich auch.

Der Besuch von Carina und Hagen war nur kurz, die Nachwirkungen jedoch umso heftiger. Denn einmal losgetreten, beschäftigte das Thema Botswana Hedwig und mich von Stund an nahezu ununterbrochen.

„Ich werde mich zunächst mal gründlich untersuchen lassen!", eröffnete Hedwig ihrem Enkel. Das tat sie dann auch, mit durchaus beruhigendem Ergebnis.

„Also, wenn man mein Alter berücksichtigt, ist der Herr Doktor außerordentlich zufrieden mit mir!", hörte ich sie Carina berichten. Tim stand schmunzelnd daneben.

„Mama, der Doc hat gesagt, sie ist fit wie ein Turnschuh, sie kann jederzeit auf Safari gehen, wenn sie mag!", rief er seiner Mutter zu. „Jetzt müssen wir nur noch Mohrle unterbringen!"

Das hörte sich schon weniger gut an. Bei aller Erleichterung darüber, dass es Hedwig gesundheitlich gut ging, so mischte sich nun vor allem die Sorge in meine Überlegungen. Was, wenn es Hedwig in Afrika so gefiel, dass sie nicht wieder zurückwollte? War es Carina und Hagen damals nicht genauso gegangen? Und nun lebten sie in Botswana! Gut, beruhigte ich mich wieder, Tim studiert hier, aber wenn ich darüber eine Weile nachdachte, so fürchtete ich, dass er das auch woanders tun könnte.

Während ich mich also schon mal im Voraus sorgte, begann Hedwig mit der Auswahl der Möglichkeiten.

„Was hältst du von einem Katzensitter?", fragte Tim, doch Hedwig wiegelte ab.

„Nein, Fremde in meinem Haus, das will ich nicht!", gab sie zu. „Ich weiß, Katzen soll man nicht aus ihrer Umgebung reißen, aber Mohrle ist nicht wie eine gewöhnliche Katze!"

Das klang fast schon trotzig, obwohl es stimmte. Ich kannte Hedwig, sie hatte früher immer schon ein Problem gehabt, der Nachbarin den Schlüssel zu überlassen, während wir im Sommer in der Dübener Heide waren. Doch wenn Hedwig keine Fremden im Haus haben wollte, hieß das zwangsläufig, dass auch ich verreisen musste. Die Frage war nur, wohin und zu wem. Mir wurde ganz mulmig bei der Vorstellung. Hedwig wohl auch, denn sie hob mich auf ihren Schoß.

„Du musst keine Angst haben, Mohrle, ich bleibe ja nicht lange!", sagte sie, während ihre Hand auf meinem Kopf lag. Ich glaubte fast, sie wollte damit mehr sich selbst als mich beruhigen.

Ein paar Tage später sah sich Hedwig die erste Katzenpension an – und verwarf den Gedanken daran gleich wieder.

„Das kommt gar nicht infrage!", hörte ich sie Frau Schröter, unserer Nachbarin, erzählen. „Die tun zwar so, als würden alle ihr eigenes Zimmerchen haben, aber irgendwie traue ich denen nicht. Außerdem hatten die Betreuer auch keinerlei Qualifikation. Und nachts werden die Tiere einfach weggesperrt!", klagte sie. Frau Schröter schüttelte entsetzt den Kopf.

„Da hätte ich auch Bedenken!", gab sie zu. „Wissen Sie, wenn ich nicht so viel Besuch über die Feiertage bekommen würde, ich würde Mohrle versorgen! Sie ist so eine Liebe!"

Ihr Geständnis rührte nicht nur mich, auch Hedwig dankte ihr von Herzen. Am Abend berichtete sie Tim von ihren Eindrücken.

„Es gibt noch andere!", versicherte ihr Tim und suchte gleich neue Adressen heraus, die Hedwig erst abtelefonierte, dann abfuhr.

„Weißt du, ich halte es für eine gute Idee, wenn ich Mohrle mitnehme!", eröffnete sie Tim eines Abends.

„Nach Botswana?", fragte er entsetzt, und auch mir stellten sich angesichts der Vorstellung unzähliger Impfspritzen die Haare auf.

„Nein, natürlich nicht!", beschwichtigte uns Hedwig. „Die Pensionen angucken, meine ich!"

Tim fand den Vorschlag einigermaßen ungewöhnlich. Mir dagegen leuchtete Hedwigs Logik durchaus ein, schließlich war ich diejenige, die dort wohnen oder, wie Tim es nannte, Urlaub machen sollte.

„Also, wenn ich Mohrle zur Besichtigung nicht mitbringen darf, dann sortiere ich Sie gleich aus!", erklärte Hedwig doch kategorisch jeder sich wehrenden Katzenpensionswirtin. Immerhin, ein paar von ihnen hatten nichts dagegen, dass ich mitkam, ein Lichtblick, wie zumindest Hedwig fand. Tim ging mit uns auf Inspektionstour. Das musste er zwangsläufig, denn ohne Auto kamen wir da gar nicht hin.

Die erste Pension, die Hedwig ausgesucht hatte, lag am Stadtrand, zumindest ließ das die Beschreibung vermuten, die sie Tim gab. In Wahrheit war es aber viel, viel weiter, so weit, dass selbst Tim unruhig wurde.

„Also mitten auf dem Land – das hätten sie auch gleich sagen können!", ärgerte er sich.

Als wir ausstiegen, empfing uns Hundegebell, was Hedwig gleich wieder kehrtmachen ließ, vor allem, als sie die drei großen Schäferhunde sah, die ganz offensichtlich frei herumlaufen durften.

„Kommen Sie, die tun nichts!", winkte uns eine rundliche Frau unbestimmbaren Alters fröhlich zu. „Die Katzen sind drin, sie und die Hunde kommen nicht in Berührung!"

Was wohl tröstlich klingen sollte, brachte Hedwig lediglich auf die Palme.

„Ich fasse es nicht! Die Katzen müssen drinbleiben, damit sie den Hunden nicht in die Quere kommen? Nein, das geht gar nicht. Los, Tim, lass uns zur nächsten fahren!"

Wir fuhren also wieder Richtung Stadt und landeten in so etwas wie einer Gartenanlage. Im Sommer war das sicher ein lauschiges Plätzchen, aber ich würde das Weihnachtsfest hier verbringen! Doch schon jetzt, und wir hatten immer noch Herbst, sah es hier reichlich trostlos aus.

„Für Weihnachten habe ich bereits ein paar Anmeldungen!", erklärte uns eine junge, freundliche Frau, die mir gleich ein Leckerli ins Mäulchen stopfte.

„Hier, Süße, das ist für dich!", sagte sie. Ich konnte gar nicht ablehnen, so wie sie es mir zwischen die Zähne schob. Nur meine gute Erziehung hielt mich davon ab zuzubeißen oder die Krallen auszufahren. Auf jeden Fall war die Unterkunft durchaus in Ordnung. Es gab Einzelquartiere, wie sie es nannte, oder Gruppenbetreuung. Da allerdings gerade keine Katze dort Urlaub machte, konnte ich mir diese Gruppensache nicht so richtig vorstellen. Hedwig wurde jedenfalls sehr misstrauisch, als die gute Frau versuchte, sie zu einer Unterschrift zu drängen.

„Aber sagen Sie nicht, ich hätte Sie nicht gewarnt, wenn Sie später feststellen, dass Ihr Wunschtermin schon ausgebucht ist!", belehrte sie Hedwig und Tim sogar. Es klang fast schon eingeschnappt.

„Sie war auf jeden Fall auf die Anzahlung scharf!", stellte dann auch Tim fest, als wir wieder im Auto saßen.

Wir sahen uns an diesem Samstag noch drei weitere Katzenpensionen an. Eine gefiel Hedwig sogar so gut, dass wir fast das Angebot der Inhaberin zum Probewohnen angenommen hätten.

„Sie können eigene Kuscheldecken mitbringen und auch die Futternäpfe!", bestätigte sie uns. „Ganz wie Sie möchten. Schließlich kennen Sie Ihre Katze ja am besten!"

Endlich mal jemand, der mit Hedwig auf einer Wellenlänge lag. Die Inhaberin, Frau Kober, war nicht viel jünger als Carina und sah ihr auch ein bisschen ähnlich. Hedwig schien sie gleich zu mögen. Tim jedoch blieb skeptisch. Vor allem, als Frau Kober erklärte, sie habe nach einer Ausbildung zur Floristin zur Tierheilpraktikerin umgeschult und behandele vornehmlich Katzen homöopathisch.

„Alle Zimmer sind nach bestimmten energetischen Mustern eingerichtet!", betonte sie dann noch, woraufhin Tim den Kopf schüttelte. Das verstand ich zwar nicht, aber es gefiel mir eigentlich ganz gut. Also schritt ich mutig und nur einmal leise unsicher aufmauzend Richtung Gästezimmer. Frau Kober behauptete, ich hätte die schönste Zeit meines Lebens vor mir; die hatte ja keine Ahnung! In der Katzenpension Kober gab es keine Einzelquartiere, sie waren ihrer Meinung nach nicht gut für sensible Katzenseelen, deshalb musste ich ans Alleinleben gewöhnte alte Katze doch tatsächlich ein Quartier mit anderen Katzen teilen. Es waren bloß zwei recht junge Katzen da, die sich kaum für mich interessierten, und ein großer, dicker Kater, der mir sofort auf die Pelle rückte.

„Hey, lass mich in Ruhe!", wehrte ich ihn ab, so gut ich konnte, doch umsonst. Er ließ nicht locker.

„Ich darf hier alles, ich bin schließlich hier zu Hause!", stellte er klar. Ehe ich mich aber noch weiter seiner Zudringlichkeiten erwehren musste – er bedrängte mich und schnüffelte an meinem Napf herum, was ich gar nicht leiden kann –, brach Hedwig den Test ab. Ich hatte gar nicht bemerkt, dass sie geblieben waren, und mich schon fast damit abgefunden, so ganz spontan auswärts zu übernachten. Im Auto stellte Hedwig dann klar, dass keine der Pensionen für sie infrage kam.

„Dann ist eine Pension vielleicht generell nicht das Richtige, Oma!", sagte Tim. „Überleg doch mal, ob dir nicht doch noch jemand einfällt, dem du zutraust, dass er Mohrle bei uns versorgt. Es muss doch irgendjemand aus deinem und Opas Bekanntenkreis zu Weihnachten daheim sein! Die können doch nicht alle gleichzeitig verreisen! Und so fremd sind die Leute doch gar nicht! Es geht um Mohrle, Omi, da kannst du doch mal eine Ausnahme machen!"

Tim legte sich richtig ins Zeug, um Hedwig zu überzeugen, und mir sollte es recht sein. Wenn ich schon ohne Hedwig Weihnachten verbringen musste, dann bitte wenigstens zu Hause!

Als Hedwig nichts sagte, sprach Tim weiter: „Derjenige schaut einmal am Tag vorbei, füttert Mohrle, schaut nach dem Rechten und kümmert sich ums Katzenklo. Und dabei kann er gleich den Briefkasten leeren und die Blumen gießen! Was meinst du?"

Hedwig überlegte einen Moment, dann nickte sie. „Stimmt, um die Post und die Blumen muss sich ja auch noch jemand kümmern. Frau Schröter will ich nicht fragen, die bekommt jede Menge Besuch, und ihr Mann ist ja auch gerade erst an der Hüfte operiert worden, der braucht auch noch Hilfe. Ich werde mal meine Bekannten fragen."

Der Plan klang sogar für mich gut. Ich konnte daheimbleiben in meiner gewohnten Umgebung und musste mich nicht von fremden Katern bedrängen lassen. Außerdem, welche Katze brauchte schon ernsthaft Urlaub? Ich jedenfalls nicht.

Hedwig machte Nägel mit Köpfen und lud gleich am nächsten Wochenende ihre alte Freundin Getrud ein. Sie tranken Kaffee und naschten Kuchen, während ich austestete, wie nett sie war. Ich kannte sie natürlich, nur war Gertrud niemand, dem ich gern um die Beine streifte. Warum, konnte ich nicht mal so genau sagen, vielleicht weil ich ohnehin nicht die Art von Katze war, die jeden Besucher gleich überfällt. Ich wartete lieber ab, nur war mir klar, dass ich mit Abwarten dieses Mal nicht besonders weit kommen würde. Ich wollte, dass sie mich mochte, damit sie an Weihnachten vorbeikam und mich fütterte. Ich mauzte ihr fröhlich zu und sie war sichtlich erfreut über meine Aufmerksamkeit. Trotzdem lehnte sie ab, als Hedwig sie endlich darauf ansprach.

„Oh, ich würde dir den Gefallen wirklich gern tun, aber ich fahre zu meinem Sohn nach München!", erklärte sie Hedwig. Dagegen war natürlich nichts zu sagen.

„Wir finden jemanden!", sagte Hedwig entschlossen, als wir Getrud verabschiedet hatten. „In eine Pension gehst du auf jeden Fall nicht! Und jemand Fremdes lass ich schon gar nicht an dich heran! Die Person, der ich dich anvertraue, muss ich gut kennen und mögen, anders geht es nicht!"

Das sagte sie auch Tim, der, so hatte ich zumindest den Eindruck, seine Oma auch verstand. Carina tat sich da schon ein bisschen schwerer, denn ich hörte, wie sie am Telefon auf ihre Mutter einredete, doch einfach einen Katzensitter zu engagieren. Was immer das sein mochte! Also fragte Hedwig weiter ihre Bekannten und bekam eine Absage nach der anderen. Der Grund war bei allen der gleiche: Sie verreisten ebenfalls über die Feiertage.

„Bleibt denn kein Mensch mehr hier in der Stadt?", wunderte sich Hedwig über die Reiselust ihrer Freunde. „Mir ist früher gar nicht aufgefallen, dass sie alle an den Feiertagen wegfahren!"

Kunststück, früher hatte sie auch noch Josef und da stellte sich die Frage gar nicht. Trotzdem gab Hedwig nicht auf. Sie erinnerte sich an Josefs ehemalige Kollegen und lud kurzentschlossen ein paar von ihnen zum Kaffee ein. Wieder an einem Sonntag, da hatten die meisten Zeit. Es war eine angenehme Runde, auch wenn Luitpold, den ich zum ersten Mal an jenem Nachmittag zu Gesicht bekam, fast das Haus nicht betreten wollte.

„Du hast eine Katze? Oh, weißt du, ich mag eigentlich keine Katzen. Sie kratzen und beißen und rücken einem immer so auf die Pelle!" Ich sah Hedwig an, dass sie ihn am liebsten sofort wieder vor die Tür gesetzt hätte. Ging aber nicht, schließlich waren die vier Herren alle zusammen gekommen. Zwei von ihnen hatten ihre Ehefrauen dabei, doch während ich todesmutig um die Beine derjenigen schlich, die es zuließen und mich auch gern streicheln wollten, als Katze spürt man so etwas einfach, sprach Hedwig das Thema nicht einmal an. Tim guckte sie irgendwann auch schon ganz verzweifelt an.

„Nein, ich will nicht, dass einer von denen durchs Haus schleicht, wenn ich nicht da bin!", erklärte sie ihm hinterher.

„Aber Oma, das Problem mit dem Vertrauen hast du bei jedem, dem du einen Schlüssel gibst!"

Das stimmte zweifellos. Andererseits befürchtete ich fast schon, dass Tim seine Großmutter einfach nicht gut genug kannte! Ich wusste, dass niemand einen Schlüssel zum Haus besaß, außer Tim natürlich. Carina riet wieder zu einem professionellen Katzensitter, was Hedwig langsam auch in Betracht zog.

„Wenn wir jemanden dafür bezahlen, dann können wir auch eine gewisse Leistung erwarten!", versuchte sie es ihrer Mutter schmackhaft zu machen. „Außerdem musst du dann bei niemandem betteln, das kannst du sowieso nicht leiden, ich kenn dich doch!"

Ja, Hedwig bat nicht gern andere Leute um einen Gefallen. Schon gar nicht an Weihnachten, wo alle selbst mit sich und ihren Familien beschäftigt waren.

„Du hast ja recht!", gab sie letztendlich zu. „Doch so ganz fremde Menschen in meinem Haus? Ich weiß nicht!"

Doch irgendwann gab sich Hedwig geschlagen und gestattete es Tim, Termine zu machen, doch sie stellte Bedingungen! „Es kommen nur Leute infrage, die Katzen wirklich lieben und überzeugend darlegen können, dass sie ihre Bedürfnisse erkennen und zu erfüllen gewillt sind! Solche Leute, die alles Mögliche machen, von Putzen bis zum Briefkastenleeren, sind ungeeignet!", schärfte sie Tim ein. Und mir vertraute sie an: „Weißt du, Mohrle, ich kann es den Kindern ja schlecht sagen, aber eigentlich würde ich am liebsten zu Hause bleiben! Weihnachten ohne dich, und dann auch noch in Afrika, wo es so heiß ist, ich will gar nicht daran denken!"

Das hatte ich mir fast gedacht. Und auch ich mochte es mir gar nicht vorstellen, wie es war, wenn draußen die ersten Flocken rieselten, alle Fenster herrlich geschmückt und die Räume kuschelig warm waren und ich dann allein in unserem dunklen ungeschmückten Haus saß! Das konnte doch nur traurig werden!

Tim legte sich mächtig ins Zeug, was die Katzensitter anging. „Ich habe genau recherchiert und nur solche rausgesucht, die sich auf Katzen spezialisiert haben und sich bestens auskennen!", versicherte er Hedwig. Dann kam der erste und, ganz ehrlich, der hätte auch als Clown durchgehen können. Zumindest tat er so, als wäre er einer.

„Oh, Miez, Miez, Miez, komm, süße Miez-Miez-Miez!", plapperte er, während er sich, ohne Hedwig zu begrüßen, zu mir auf den Fußboden setzte. Ich hatte mich gemeinsam mit Hedwig an die Tür begeben und mit so ziemlich allem gerechnet, nur nicht damit! Was zeigt, dass das Leben selbst für eine alte Katze wie mich noch Überraschungen bereithält.

Hedwig warf ihm einen missbilligenden Blick zu und selbst Tim blieb der Mund offen stehen.

„Sie heißt Mohrle, nicht Miez-Miez-Miez!", tadelte Hedwig ihn. „Und ich würde Ihnen gern auch erst einmal Guten Tag sagen!"

„Ja, natürlich!", sagte das Bürschchen, das höchstens so alt wie Tim war und sich Hedwig dann als Thomas Klingenthal, Tiertherapeut, vorstellte.

„Ich verstehe Katzen, ich kann in ihre Seelen schauen!", erklärte er Hedwig allen Ernstes. Tims Gesichtsausdruck wechselte von perplex zu sarkastisch. Denn mit jedem Wort wurde deutlicher, dass der arme Thomas dringend selber Hilfe brauchte. Hedwig hatte am Ende große Mühe, ihn freundlich vor die Tür zu komplimentieren. Als er weg war, bekam Tim einen Lachanfall.

„Okay, der komische Vogel fällt aus!", kriegte er sich kaum mehr ein und imitierte dieses dämliche „Miez-Miez-Miez" immer wieder. Da hatte ich ja noch mal Glück gehabt. Nicht auszudenken, wenn der Kerl öfter gekommen wäre!

„Ich habe noch einen Termin gemacht!", gestand Tim seiner Oma am nächsten Tag. „Aber keine Angst. Eine Frau, so um die fünfzig schätze ich, und am Telefon klang sie sehr nett. Auf jeden Fall nicht so durchgeknallt wie dieser Klingenthal." Nun, das würde sich zeigen. Hedwig blieb skeptisch, ich sowieso.

„Ich bin Berta!", begrüßte die ergraute Dame Hedwig, dann beugte sie sich zu mir herunter. „Und? Wer bist du?", fragte sie und sah mich dabei durchdringend an. Das mochte ich eigentlich gar nicht, aber ich tat Hedwig den Gefallen und rannte nicht weg. Ich bewegte mich gar nicht, sie aber auch nicht, also wurde die Situation irgendwann peinlich. Zumindest für Hedwig, die sprachlos danebenstand. Erwartete diese Berta wirklich eine Antwort von mir? Unsicher mauzte ich einfach, bevor ich einen geordneten Rückzug hinter Hedwigs rechtes Bein antrat.

„Sie ist entzückend!", stellte Berta strahlend fest.

„Aber wie sie heißt, wissen Sie nun immer noch nicht!", stellte Hedwig bissig fest. Oje, diese Berta war ihr wohl auf den ersten Blick unsympathisch! Keine Chance! Auch Nummer drei ließ Hedwig abblitzen, ein älterer Herr, der die Sache irgendwie falsch ver-

standen haben musste! Er dachte wohl, er bekäme eine Feiertags-
unterhaltung gleich mitgeliefert. Als Letztes tat Tim noch einen
Kommilitonen auf, der Weihnachten angeblich froh war, seiner
Familie zu entkommen.

„Er sagt, er kennt sich mit Katzen aus!", versicherte er Hedwig,
die spontan skeptisch guckte. „Dem drücke ich fünfzig Euro in die
Hand, dann macht der das!", erklärte Tim weiter. Ich zumindest
erwartete einen überzeugten Weihnachtsgegner, wie es inzwischen so einige geben musste, wenn man Tim Glauben schenkte.
Leute, die Weihnachten angesichts der vielen Geschenke und Fa-
milienfeste ablehnten und die offenbar auch keinen religiösen Hintergrund hatten. Doch in diesem Fall täuschte ich mich, und zwar
gewaltig. Denn Dennis, so hieß der Kommilitone, Tim verweigerte
hier die Bezeichnung Freund vehement, war alles andere als ein
Weihnachtshasser, im Gegenteil.

„Ich mag nur meine Familie nicht, die streiten immer, da macht
Weihnachten absolut keinen Spaß!", erklärte er Hedwig freimütig.
Mir hatte er Leckerlis mitgebracht, somit war ich ihm schon mal
gewogen. Doch dann erklärte er Hedwig, wie er sich Weihnachten mit mir vorstellte und, ganz ehrlich, da wurde mir mehr als
seltsam zumute!

„Haben Sie keine Angst, meine Liebe, ich kümmere mich gut
um Ihre Mohrle!", versprach er. „Ich koche ihr ein Festmenü,
schmücke das ganze Haus so, wie sie es gewohnt ist, mit Weihnachtsbaum und allem Drum und Dran und lege natürlich auch
die entsprechende Musik auf. Wenn Sie wollen, spiele ich ihr auch
den Weihnachtsmann vor!"

Nun blieb Hedwig der Mund offen stehen. Vor allem, als er ihr
freimütig erklärte, dass er auf jede Art von Bezahlung verzichtete.

„Ich liebe Weihnachten, glauben Sie mir. Und ich bin gern mit
Katzen zusammen! Leider herrscht in unserer Wohngemeinschaft
Tierverbot, sonst hätte ich eine. Wenn Sie mir Ihre Katze anver-
trauen, könnte ich endlich Weihnachten einmal so verbringen,
wie ich es mir schon immer erträumt hatte!"

Hedwig brachte es nicht übers Herz, ihm zu sagen, dass ihr das
alles zu viel war. Ich glaube, allein die Vorstellung, dass er ihre Kü-

che benutzen wollte, reichte ihr schon. Auch Tim war nach dem Gespräch ganz verstört.

„Ich habe mich total in ihm getäuscht!", gab er zu. „Eigentlich tut er mir sogar leid! Er hatte offenbar noch nie ein richtig schönes Weihnachtsfest und will deshalb für Mohrle das komplette Programm abspielen, nicht zu fassen!"

Es war Anfang Dezember geworden, der erste Advent war vorbei und Hedwig hatte das Haus mit einem Minimum an Dekoration versehen.

„Ich weiß, es lohnt sich nicht, aber so ganz ohne kann ich nicht!", erklärte sie Tim und behängte einen weiteren Tannenstrauß mit kleinen Weihnachtsengeln.

„Sieh mal, die hat Josef mir mal geschenkt, weil ich sie so süß fand. Auf dem Weihnachtsmarkt! Obwohl ich schon kistenweise davon auf dem Speicher stehen hatte!", erklärte sie ihm und hängte verzückt weitere Engel dazu. „Sie würden sogar für einen ganzen Weihnachtsbaum reichen, so viele sind es! Wir haben das nur nie gemacht. Vielleicht weil wir dachten, wir hätten mehr Zeit!"

Bald, dachte ich, dann sind sie weg. Für drei lange Wochen. Ich konnte mir das noch gar nicht vorstellen. Hedwig packte schon seit geraumer Zeit die Koffer. Immer was rein, dann wieder was raus, dafür etwas anderes hinein, vielleicht war es auch ein Spiel, dessen Sinn sich mir nicht erschloss.

„Dort ist es warm, Mohrle, sehr warm!", erklärte sie mir und packte ein paar Sommerkleider dazu.

Bei Tim hatte ich irgendwie das Gefühl, als würde er nur zögerlich packen. „Ich hatte schon so viele Weihnachtsfeste in Afrika", sagte er und nahm seine Oma in den Arm.

„Mach dir keine Sorgen, Omi, alles wird gut!"

Hedwig schluchzte und mir war auch plötzlich ganz mulmig. Was, so schoss es mir auf einmal durch den Kopf, was, wenn das unser letztes Weihnachtsfest war? Hedwig und ich waren beide schon alt.

Einen Tag, bevor es losgehen sollte, rief Hedwig endlich Dennis an, er erschien ihr wohl noch als das geringste Übel.

„Er war ehrlich, ist nett, tierlieb und ein Weihnachtsfan. Außerdem ein armes Würstchen, das noch nie ein schönes Fest hatte. Er wird sich Mühe geben!", begründete sie ihren Entschluss. Und Dennis freute sich wie verrückt, dass Hedwig ihm mich und das Haus anvertraute. Tim hatte indes immer noch nicht gepackt. Dann, spät am Abend und nachdem er stundenlang telefoniert hatte, schnappte er mich von meiner Kuscheldecke weg und brachte mich zu Hedwig ins Schlafzimmer.

„Hör auf zu packen, Omi!", sagte er und ließ mich ausnahmsweise auf ihrem Bett runter. Und Hedwig war so verblüfft, dass sie nicht mal protestierte. Stattdessen starrte sie Tim nur mit Tränen in den Augen an.

„Ich habe mit Mama und Papa lange telefoniert und sie haben eingesehen, dass diese Reise einfach zu viel für dich ist. Zu viel Aufregung, zu viel Nicht-Wollen und letztendlich auch gesundheitlich riskant, allein durch den langen Flug und die Klimaveränderung. Deshalb habe ich die Flüge storniert, ich habe ja sicherheitshalber extra so einen Tarif genommen, bei dem das möglich war. Und von dem Geld habe ich für Mama und Papa einfach einen Flug nach Deutschland gebucht – wir feiern alle zusammen, aber eben hier!"

Hedwig sah ihn fassungslos an, und auch ich konnte mein Glück kaum glauben.

„Aber sie sind doch jetzt sicher sehr enttäuscht!", sagte Hedwig zögernd. Doch Tim winkte ab. „Keine Spur! Auch wenn Mama immer drängte, dass du kommen sollst, insgeheim hatte sie schon Angst, dass du die Reise nicht gut überstehst. Nur zugeben konnte sie das eben nicht, du kennst sie ja. Sie kommen drei Tage vor Heiligabend an, du hast also noch genug Zeit. Ich besorge den Baum, wir gehen zusammen einkaufen und dann kannst du ja mit Mama zusammen kochen. Oder sie aus der Küche werfen, wenn dir das lieber ist!", lachte Tim. Hedwig lachte nun auch, befreit und glücklich wie schon lange nicht mehr.

„Und was machen wir mit Dennis?", fragte Hedwig, die nicht zögerte und die Sommerkleider gleich wieder in den Schrank hing.

„Ich lass mir was einfallen!", versprach Tim. „Ich erkläre es ihm, mach dir keine Sorgen, ich kümmere mich darum!"

Hedwig ließ die Finger von ihren Sachen und ging auf Tim zu.

„Wenn ich dich nicht hätte, mein Junge!", sagte sie und drückte ihn fest an sich. „Du tust so viel für deine alte Großmutter, viel mehr als andere Enkel je tun würden. Lade den Jungen doch einfach ein, ja? Er möchte endlich mal ein schönes Weihnachtsfest mit allem Schnickschnack und Katze erleben? Dann soll er es haben! Wir sind so gesegnet, dass wir uns haben, da kann ich nicht einfach zusehen, wie der arme Kerl traurig ist. Und du sollst es auch nicht. Ich weiß, dass du ihm abgesagt hättest, aber das ist nicht nötig! Ich erkläre das deinen Eltern schon, keine Bange. Und Mohrle wird ganz besonders nett zu ihm sein, stimmt's?"

Daraufhin sah sie mich scharf an und ich miaute natürlich zustimmend.

Und ich hielt mein Versprechen! Als Dennis vorhin etwas schüchtern vor der Tür stand und Hedwig für die Einladung dankte, drückte ich mich sofort um seine Beine und nahm ihn in Beschlag. Er verstand, streichelte mich und steckte mir ein Leckerli zu. Auch Hagen und Carina empfingen ihn freundlich und schon bald war das Eis gebrochen. Vorhin, als ich mich aus dem Zimmer geschlichen habe, um herzukommen, saßen sie alle noch fröhlich beisammen. Mit leuchtenden Augen, direkt unter unserem prächtigen Weihnachtsbaum. Und nachher gehen sie alle gemeinsam in die Christmette, das habe ich noch aufgeschnappt. Für dieses Weihnachtsfest bin ich wirklich dankbar! Dass wir doch noch alle zusammen feiern konnten, war angesichts der Vorzeichen ein echtes Weihnachtswunder – mein Weihnachtswunder!

$$\ast\,\ast\,\ast$$

Dass Mohrle eine Trennung von ihrer Hedwig erspart geblieben war, machte mich sehr glücklich!

„Dann kannst du dich ja morgen auf ein Festmenü der Extraklasse freuen!", stellte auch Hugo vergnügt fest. „Wenn deine Hedwig mit ihrer Tochter gemeinsam in der Küche steht! Also bei meinen beiden Damen geht das schief, Theresa kocht am liebsten gar nicht und wenn, dann ohne ihre Mutter. Die auch am liebsten allein in der Küche ist, da sie meint, dass Theresa ohnehin nicht genug vom Kochen versteht, um ihr eine Hilfe zu sein. So sehr sich die beiden auch lieben, aber bei dem Thema sind sie sich einfach nur uneins."

„Ich fürchte, das geht bei uns morgen genauso ab!", stellte Mohrle fest. „Aber weißt du was, das ist mir egal. Auch wenn sie mein Futter komplett vergessen würden, was noch nie vorgekommen ist. Aber die Gewissheit, dass ich meiner Hedwig auch so viel bedeute, wie sie mir, das ist ein unvergleichliches Gefühl. Und wenn es wirklich zu Reibereien in der Küche kommt, dann muss ich mir halt was einfallen lassen. Ich habe schon wirklich ganz andere Krisen gemeistert!"

„Wow, wie du das alles schaffst!", staunte Trixi. Die Kleine war ganz ruhig geworden und himmelte Mohrle geradezu an. „Deine Hedwig muss dich wirklich sehr lieb haben, dass sie eine Reise für dich ausfallen lässt! Dass Menschen so etwas tun!"

„Na klar tun sie alle möglichen Sachen für uns, manche behandeln ihre Katzen sogar wie eigene Kinder, in jedem Fall aber wie Familienangehörige. Wir gehören dazu, zumindest, wenn du eine Hauskatze bist!", bestätigte ihr Hugo und ich fügte hinzu: „Du kannst auch mal richtig was anstellen, ohne, dass sie dich gleich rauswerfen! Glaub mir, deine Menschen verzeihen dir mehr, als du ihnen zutraust!"

„Ja, aber meine Menschen sind ja noch gar nicht meine Menschen! Sie kennen mich ja noch gar nicht. Und Anni, die mich kennenlernen wollte, hat nun gar keine Chance mehr. Wäre ich doch nur nie weggelaufen …"

Oje, jetzt ging das schon wieder los! Mit einem Schlag dachte ich ans letzte Jahr, da hatte ich mich den ganzen Abend bemitleidet. Wie sehr das meinen Freunden auf die Nerven gegangen sein musste, daran hatte ich nicht einmal gedacht. Ich zwang mich zur Ruhe, diese kleine Katze hatte es echt nicht leicht. Sie war völlig verängstigt und wusste überhaupt nicht, was sie machen sollte! Gut, auch wenn ich nicht wusste, wie ich ohne den Ast des Kastanienbaums an meine Katzenklappe herankommen sollte, so hatte ich ja dennoch Möglichkeiten! Meine Menschen liebten mich, notfalls müsste ich eben unten im Hausflur übernachten und warten, bis im

Morgengrauen einer der Nachbarn das Haus verließ. Dann könnte ich mich nach oben schleichen und mich vor der Wohnungstür positionieren. Irgendwann würden Janina und Alexander die Tür schon öffnen und spätestens dann war ich wieder daheim. Wie es dann weiterging, darüber machte ich mir noch keine Sorgen, da würde sich Alexander sicher was einfallen lassen. Meine Sorgen waren zwar lästig und die Vorstellung, die Heilige Nacht draußen in der Kälte anstatt in meinem kuschligen Katzenkörbchen zu verbringen, begeisterte mich auch nicht gerade, aber anders als Trixi kannte ich wenigstens meinen Heimweg. Und Janina und Alexander kannten und liebten mich. Das war irgendwie beruhigend!

Als mein Blick auf die verzweifelte Trixi fiel, bekam ich prompt ein schlechtes Gewissen. Wie konnte ich nur so selbstgefällig und egoistisch sein! Ihr ging es doch viel schlechter als mir! Ich sprang schnell zu ihr rüber und stupste sie zärtlich mit der Nase an.

„Wir lassen uns was einfallen, damit du zu deiner Anni zurückfindest!", versprach ich ihr. „Dann kannst du ihr zeigen, was in dir steckt. Und wenn sie dich erst einmal kennt, wird sie dich ganz schnell sehr, sehr lieb haben! Dann hast du ein richtiges Zuhause! Für immer!"

„Und wie?", wisperte sie leise. „Ich habe keine Ahnung, wie ich jemals zurückfinden soll!"

Ich spürte Hugos fragenden Blick fast auf meinem Fell.

„Wir suchen sie!", sagte ich, weil mir auch nichts Besseres einfiel. „Und wir lassen dich nicht allein dabei. Habe keine Angst, alles kommt wieder in Ordnung!"

„Hey, Trixi, ich kann dir eine Geschichte erzählen, die wirst du kaum glauben!", ließ sich nun Eddie hören. Er war ein schwarzweißgetigerter Kater im besten Alter und stieß nur manchmal zu uns. „Weißt du, Menschen sind zu einigem imstande, wenn es um Tiere geht, besonders um Katzen. Hör dir meine Geschichte an, dann weißt du Bescheid!"

Trixi kuschelte sich an mich, also ließ ich mich neben ihr nieder. Immerhin kam ich so in den Genuss von Eddies Geschichte, denn dass es die in sich haben musste, darauf hatte er schon häufiger angespielt. Nun kam ich endlich hinter sein Geheimnis!

Kein Herz aus Stein

Eddie erzählt

Ich selbst habe mich immer für einen Vagabunden gehalten, einen harten Kerl, einen, den so schnell nichts umhaut. Während andere Katzen fein daheim hinterm Ofen saßen, sobald draußen auch nur ein Regentropfen vom Himmel fiel, stromerte ich einsam durch die Gassen der Altstadt. Die waren mein Revier, dort war mir jeder Stein vertraut und jeder Riss im Asphalt bekannt. Ein Zuhause mit Menschen und festen Futterzeiten kannte ich nicht, ich lebte schon immer auf der Straße, das macht unabhängig und hart.

Oft war ich auf dem kleinen Festplatz neben der Kirche unterwegs. Dort findet täglich ein Markt statt, da verkaufen die Bauern aus der Umgebung sowie kleine Händler ohne eigenes Geschäft ihre Sachen. Meist Lebensmittel, aber auch kleinere Handarbeiten werden gehandelt. Für mich fällt da immer etwas ab, entweder beim Fleischwagen oder auch beim Fischhändler. Manchmal kommt sogar ein Scherenschleifer oder Reifenflicker vorbei, was besonders bei den Kindern immer für mächtiges Aufsehen sorgt. Wenn der Reifenfritze da ist, stehen jedenfalls eine Menge Knirpse mit ihren kaputten Rollern oder Fahrradreifen in einer Schlange aufgereiht und warten auf Hilfe. Da sie sich während des Wartens oft langweilen, sorgte ich gern für Unterhaltung, zumindest wenn mir nach Gesellschaft war. Ich streifte um ihre Beine, mauzte sie an und spielte mit ihnen. Sie mochten es immer recht gern und für mich war das Spiel auch eine hübsche Abwechslung vom Alltag. Und wenn es mal brenzlig wurde, konnte ich mich in die Büsche schlagen oder sogar notfalls in die Kirche flüchten, deren schwere Holztür immer einen Spalt offen stand. Den Pfarrer sah ich oft, meist sprach er mit irgendwelchen Leuten oder streifte grüßend über den Markt. Er redete mit fast jedem und selbst für mich hatte er immer ein Lächeln übrig, und wenn ich es zuließ, streichelte er mir liebevoll übers Fell. Und er hatte mich noch nie aus der Kirche geworfen, wenn ich mich, gerade im Winter, vor verschiedenen Unwetterlagen dorthinein gerettet hatte.

Die Fürsorge unseres Pfarrers war allerdings auch schon die einzige Nettigkeit, die mir Menschen bislang hatten zuteilwerden lassen. Meist scheuchten sie mich weg oder hielten zumindest ihre Kinder davon ab, mich zu streicheln.

„Nicht anfassen!", kreischte so manche besorgte Mama und zerrte an ihrem Sprössling herum. Dabei war ich blitzsauber und mein schwarz-weißgetigertes Fell glänzte in der Sonne. Ich beließ es dann einfach dabei, den Kindern freundlich zuzumauzen. Sie konnten ja nichts für die Beschränktheit ihrer Mütter, die ihnen zwar verboten, mich zu streicheln oder die Früchte ungewaschen zu essen, es aber durchaus tolerierten, wenn ihre lieben Kleinen mit ihren klebrigen Händchen alles Erdenkliche anfassten und sich dann einen Bonbon in den Mund steckten. Menschen zu beobachten, wurde im Laufe meiner sieben Lebensjahre fast schon zur Obsession. Diese Zweibeiner faszinierten mich einfach. An einem Bettler, von denen es auf unserem Kirchplatz auch einige gab, gingen die meisten Menschen achtlos vorbei, während sie ihre winzigen Hunde in kleine Mäntelchen hüllten oder in einem Körbchen spazieren trugen. Ich kannte jeden Bettler persönlich und mich kannten sie auch alle. Ich war bei ihnen beliebt, weil ich ohne Scheu zu ihnen kam, sie mit dem Kopf anstupste und sie so ein bisschen Wärme und Zuneigung spüren ließ. Und sie teilten gern ihr Essen mit mir. Wenn es also großzügige Menschen gab, dann waren sie es, nicht die Händler, von denen sich kaum einer dazu hinreißen ließ, den Bettlern oder mir etwas abzugeben.

Mein Lieblingsplatz jedoch war ein kleiner Mauervorsprung direkt neben dem Fleischstand von Trude, einer Marktfrau der besonderen Art: laut, kräftig und sehr rabiat. Deshalb machte es ihr auch nichts aus, mir regelmäßig an die Karre zu fahren, wenn ich meine Show abzog. Kinder, hatte ich nämlich gelernt, waren ja so leicht zu manipulieren! Ich setzte mich auf den Mauervorsprung und tat so, als würde ich mich putzen. Dabei beobachtete ich meine Umgebung mit Argusaugen. Sobald ein Kind an der Hand von Mama, Papa, Oma oder Opa auftauchte, legte ich los. Ich räkelte mich, dann machte ich mich ganz klein und mauzte, was das Zeug hielt. Keine Frage, dass die Knirpse aufmerksam wurden. Und ich klang so kläglich, dass ich oft ein Scheibchen Wurst oder ein Stückchen Fleisch für mich abstauben konnte. Trude jedoch konnte ich nichts vormachen; sie verscheuchte mich immer wieder gern. Ganz offensichtlich war sie die Art Mensch, die für Tiere nichts übrighat. Ich habe sie auch noch nie die Enten im Kirchhofteich füttern sehen, was ziemlich viele Leute machen. Und wenn sie keine Lust mehr hatte, mich zu vertreiben, dann sorgte sie anderweitig dafür, dass ich nicht auf meine Kosten kam.

„Hey, fallen Sie bloß nicht auf den Kater rein!", warnte sie dann nämlich ihre Kundschaft. „Er ist ein richtiger Schnorrer!"

Sie konnte mich eindeutig nicht leiden, so viel stand fest. Wenngleich ich keine Ahnung hatte, warum sie mir so feindlich gesonnen war. Zu den anderen Marktfrauen pflegte sie allerdings auch keine innigen Kontakte, sie galt als Außenseiterin, als jemand, der lieber für sich blieb.

„Sie soll viel durchgemacht haben!", hörte ich die Blumenfrau über sie reden. Was genau sie damit meinte, erfuhr ich nicht. War eigentlich auch nicht so wichtig. Ich wollte mich ja nicht mit ihr anfreunden. Ich wollte ja bloß immer mal ein Häppchen abhaben, wo sie doch so viel gute Wurst in ihrem Wagen hatte! Fiel da nicht ein Scheibchen hier oder ein Zipfelchen da für mich ab? Wenn es nach Trude ging, jedenfalls nicht. Zum Glück ging es aber nicht immer nach ihr. Kinder sind viel mitleidiger als Erwachsene, und die meisten Mütter nehmen ihre kleinen Kinder mit zum Markt. Das half mir enorm. Denn Kinder lieben Katzen. Und ihre Mütter liebten es gar nicht, wenn die mich dann streicheln wollten. Dann besser ein Stückchen Wurst, mir aus sicherer Entfernung und unter Mamas strengen Blick hingeworfen. Sollte mir recht sein. Auf die Streichelei konnte ich gut verzichten. Auf die Wurstration nicht.

Es war Mitte November, nachts hatte es Frost gegeben und es war auch tagsüber schon ziemlich kalt und nass. Ich bin wirklich kein Freund von Hitzerekorden, aber nasse Kälte war wirklich das Allerletzte. Ich hatte mir im Gebüsch gegenüber des Kircheneingangs einen einigermaßen windsicheren Schlafplatz gesucht, war aber morgens trotzdem durchgefroren. Und hungrig. Die ersten Händler bauten ihre Stände auf, alle hatten es bei dem Wetter besonders eilig, weil sie wohl alle spät dran waren. Sonst war um diese Uhrzeit schon alles fertig, anders heute. Heute war es wirklich glatt, das behinderte Mensch und Tier. Der Nieselregen gefror praktisch unter meinen Pfoten und die Wege verwandelten sich unversehens in Rutschbahnen. Dazu dieses Gewusel! Die Menschen traten sich fast gegenseitig auf die Füße, Autos rangierten, mit und ohne Anhänger, andere kuppelten gerade ab, es war völlig unübersichtlich. Dann, ich hatte wohl einen Moment lang nicht Obacht gegeben, passierte es: Ich lief zu langsam über eine kleine Seitenstraße, die direkt auf den Platz führte. Auf beiden Seiten parkten Autos und ich flutschte zwischen ihnen hindurch – direkt vor die Räder des heranschlitternden Lieferwagens des Bäckers. Es quietschte ganz fürchterlich, ich sah die Räder noch auf mich zukommen, war aber wie paralysiert. Ich wollte schnell weglaufen, ganz fix wieder unter einem der geparkten Wagen verschwinden, doch ich schaffte es nicht, rutschte weg – und landete direkt vor dem rechten Vorderrad. Ich spürte einen scharfen Schmerz, der Wagen kam abrupt zum Stehen, dann verlor ich fast die Sinne. Das war es jetzt, dachte ich. Nun ist es vorbei. Kein Weihnachten mehr, nicht mal mehr ein Frühstück! Ich spürte, wie ich blutete und dass ich das Bewusstsein nicht ganz verlor. Ein Zeichen? Krampfhaft versuchte ich mich aufzurappeln, doch ich schaffte es einfach nicht. Ich hörte eine Tür klappen. War der Fahrer jetzt ausgestiegen? Kam er mir zu Hilfe? Oder würde er, wie die meisten Menschen, die ich beobachtet hatte, nur nachsehen, ob seinem Wagen nichts passiert war? Doch es geschah erst einmal gar nichts. Stattdessen hörte ich, wie der Motor wieder angelassen wurde, das durfte doch nicht wahr sein! Wollte der mich jetzt ganz überfahren? Ich lag doch noch hilflos vor seinem Rad!

„Hey, Sie haben die Katze angefahren!", schrie plötzlich jemand. Dann griffen zwei kräftige Hände beherzt nach mir.

Vor Schmerzen erkannte ich meine Umgebung fast nicht mehr. Was war nur mit mir los?

„Das kommt wieder in Ordnung, Katerchen!", hörte ich eine bekannte Stimme. Es dauerte eine Weile, bis ich begriff, dass sie Trude gehörte. Ich musste mich irren, schoss es mir durch den Kopf, während ich spürte, dass ich irgendwohin getragen wurde. Trude würde ihren Wurstwagen nie ohne Aufsicht lassen. Außerdem wäre sie der allerletzte Mensch, den es kümmerte, was mit mir geschah. Ich war doch bloß ein herumstreunender Kater!

„Komm schon, Katerchen, jetzt mach bloß nicht schlapp, ja? Ich bringe dich zum Tierarzt, der wird dir helfen, aber bis wir da sind, musst du durchhalten! Wage es bloß nicht, jetzt aufzugeben!"

Das war Trude, kein Zweifel. Aber warum half sie mir? Ich blinzelte ein bisschen und sah in ihr durchaus besorgtes Gesicht. Trude und besorgt? Um mich? Es musste am Schock liegen, dass ich mir so etwas jetzt schon einbildete. Ich war zu schwach, um die Augen lange geöffnet zu halten, also schloss ich sie wieder und ließ Trude machen. Ich fühlte mich so schwach, dass ich sogar bereit war zu glauben, dass es wirklich die grantige Trude war, die mich nun rettete. Ich spürte, wie ich irgendwo abgelegt und zugedeckt wurde. Dann hörte ich einen Motor starten und in mir verkrampfte sich alles. Es dauerte einen Moment, bis ich begriff, dass mir keine Gefahr drohte, weil ich mich in einem Auto und nicht davor befand. Zudem wurde es wärmer um mich herum, was mich endgültig wegdämmern ließ.

Wie lange ich so rumgefahren wurde, weiß ich nicht mehr. Auch nicht, wie ich in dieses Haus und auf diesen Tisch gekommen war. Es roch ganz merkwürdig, und alles um mich herum war fremd und sehr sauber. Ich blinzelte vorsichtig und erkannte ein paar Menschen, die sich wie lautlos um mich herum bewegten. Sie trugen so merkwürdige Kleidung, wie ich sie noch nie gesehen hatte. War ich tot? Und wenn nicht, wo war ich hier? Doch meine Gedanken wanderten ab, versuchten sich zu erinnern, umsonst.

Ich dämmerte wieder weg. Beim nächsten Aufwachen lag ich in einer Art Box, warm, weich und irgendwie kuschelig.

„Hey, da bist du ja wieder!", hörte ich eine Stimme. Sie gehörte zu einer freundlich lächelnden jungen Frau, die ich noch nie zuvor gesehen hatte. „Da hast du aber noch mal richtig Glück gehabt, was? Dein Frauchen kommt dich nachher noch besuchen, keine Angst!" Sie streichelte mir übers Fell und schien zu glauben, dass ich sie verstehen konnte. Tat ich ja, aber ich wusste auch, dass die meisten Menschen dachten, Verstehen sei nur etwas für Menschen. Andererseits hatte ich ja auch genügend Menschen beobachtet, die mit ihren Hunden redeten. Teilweise ununterbrochen wurden die armen Viecher zugetextet, sodass ich ihnen schon so manchen mitleidigen Blick zugeworfen hatte. Vielleicht gehörte diese nette Person auch zu der Art Mensch, der zu Hause einen Hund hatte. Oder möglicherweise sogar eine Katze? Sie schob mir einen Napf mit Futter vor die Nase.

„Die Operation ist schon ein paar Stunden her, du musst ja ganz ausgehungert sein!", sagte sie. Wie liebenswürdig! Ich versuchte natürlich gleich, mich hochzurappeln. Wann bekam ich denn schon mal das Futter einfach so vor die Nase gelegt! Das musste ich doch ausnutzen! Doch es war reichlich anstrengend, außerdem hinderte mich ein dicker Verband um meinen Bauch daran, mich richtig zu bewegen. Doch ich schaffte es, ich nahm alle Kraft zusammen und futterte den Napf ganz leer. Dann dämmerte ich wieder ein. Gedanken machen konnte ich mir später auch noch.

Es waren Stimmen, die mich weckten. Wie lange ich geschlafen hatte, konnte ich nicht einschätzen. Der Raum, in dem ich mich befand, hatte offenbar keinen Zugang zur Außenwelt, ich konnte also nicht einmal sagen, ob es Tag oder Nacht war. Die eine Stimme erkannte ich, sie gehörte der netten jungen Frau von vorhin. Und die andere? Nein, das konnte nicht sein!

„Es geht ihm schon viel besser!", sagte sie nette Frauenstimme. „Er hat den Napf ganz leer gefressen, das ist immer ein gutes Zeichen!"

„Bei dem nicht, der frisst immer!", antwortete Trude. Ja, das war eindeutig Trudes Stimme. Doch was machte die denn hier?

Dann stand sie vor mir.

„Na, Katerchen!", brummte sie. „Hast du eigentlich auch einen Namen? Vermutlich schon, nur kannst du ihn mir ja nicht sagen!"

„Ich habe keinen Namen!", mauzte ich zurück. „Bisher habe ich auch noch nie einen gebraucht! Nur ihr Menschen gebt uns Namen!"

Sie guckte mich nachdenklich an, dann sagte sie: „Eddie! Ich nenne dich einfach Eddie! Von Edgar, so hieß früher mein Kuscheltier. Das war so was wie ein Löwe, also im weitesten Sinne eine Katze. Bist du damit einverstanden?"

Erwartete sie jetzt wirklich eine Antwort von mir? Trude? Unterhielt sie sich mit mir?

„Okay!", mauzte ich zaghaft zurück. So aus der Nähe betrachtet, sah sie gar nicht so streng aus. Und auch gar nicht Furchteinflößend. Sie streichelte mir zögernd über den Kopf.

„Du wirst wieder!", sagte sie dann. „Sie haben die Wunde genäht und zum Glück ist kein lebenswichtiges Organ verletzt. Aber du hast ganz schön viel Blut verloren. Kein Wunder, so wie du unters Auto gekommen bist! Und dieser Idiot wollte einfach abhauen! Na, dem hab ich es aber gegeben, das kannst du glauben! Die Tierarztrechnung geht an den Landbäcker, das sage ich dir! Nicht, dass ich geizig bin, aber wer den Schaden anrichtet, muss ihn zahlen. Und eine ordentliche Spende für den Tierschutz gleich dazu."

Sie regte sich richtig auf, und mir war nicht ganz klar, warum. Sie guckte besorgt und streichelte mich ununterbrochen. Ich ließ sie gewähren.

„Du kriegst hier genug zu fressen!", sagte sie dann. „Und morgen kann ich dich abholen. Sie wollen, dass du die Nacht sicherheitshalber hierbleibst, wegen der Wunde. Dann müssen wir noch ein paarmal wegen des Verbandswechsels herkommen. Und wegen der ganzen Impferei. Draußen leben kannst du jedenfalls erst mal nicht mehr. Du lebst doch draußen, oder? So verfilzt und ausgehungert wie du immer bist, hast du garantiert kein Zuhause!"

Verfilzt? Ich? Was sollte das denn heißen? Ausgehungert vielleicht. Ja, ganz sicher sogar, ich fraß alles, was ich zwischen die

Zähne bekommen konnte. Aber verfilzt? Ich mauzte empört, doch Trude fasste es eher als Zustimmung auf.

„Schön, dann kommst du eben erst mal mit zu mir, ich habe ja genug Platz!", beschloss sie. Dann redete sie noch mit der netten Frauenstimme, bis sie versprach, am nächsten Tag wiederzukommen und mich abzuholen.

„Und geben Sie ihm bitte noch was zu fressen, Eddie ist immer sehr hungrig!", sagte sie, bevor sie ging. Und die Frau mit der netten Stimme füllte mir den Napf auch randvoll. Auch am nächsten Morgen wieder, sodass ich mir fast schon vorstellen konnte, länger hierzubleiben, auch wenn es ziemlich eng war. Andererseits war ich nicht undankbar, ich hatte kaum Schmerzen, nur der Verband störte. Aber ich bekam ordentlich zu fressen und ich fror nicht. Dann kam Trude. Am Abend, wie ich daran erkannte, dass es draußen stockfinster war. Sie setzte mich in eine Plastikbox, die noch ganz neu roch, dann fuhren wir los. Ich konnte es kaum fassen, dass sie mich tatsächlich mit nach Hause nahm. Die strenge, unnachgiebige Trude, die mir bislang nicht mal ein Wurstzipfelchen gönnte, hatte mir nicht nur das Leben gerettet, sondern nahm mich mit nach Hause! Wir hielten vor einem hübschen Altbau, unweit der Kirche. Im Sommer, als alles geblüht hatte, bin ich hier gern rumgeschlichen. Schöne Vorgärten und hintenraus sogar Terrassen. Trude parkte den Wagen direkt vor dem Haus, dann hob sie mich in meiner Box vorsichtig heraus. „Wir sind gleich da!", sagte sie und ging mit mir hinein. Ihre Wohnung lag direkt im Erdgeschoss. Drin öffnete sie die Box und sah mich unschlüssig an.

„Ich hatte noch nie eine Katze, also mach einfach nichts kaputt!"

So ungelenk hatte ich sie noch nie erlebt. Und auch ich fühlte mich ein bisschen befangen. Vorsichtig setzte ich eine Pfote vor die andere, mit dem Verband fühlte sich das wirklich komisch an. Oder lag es gar nicht am Verband? Ich beschnupperte den Untergrund. Was war das denn? Es war weich und irgendwie flauschig.

„Na, Teppiche kennst du wohl nicht?", schmunzelte Trude, die hinter mir hermarschierte und mich fest im Blick hatte. Teppiche? Davon hatte ich noch nie gehört! Trude hatte offenbar fast ihre gesamte Wohnung damit ausgelegt. Sie öffnete eine Tür. „Das Wohn-

zimmer!", sagte sie. Ich erkannte an der gegenüberliegenden Wand
eine weitere Tür, die offenbar ins Freie führte, klar, die Terrasse!

„Wir müssen dir einen Korb besorgen und alles, was du sonst
noch brauchst. Ich werde mich morgen mal erkundigen. Ein Katzenklo habe ich heute schon besorgt. Ich hoffe, du kriegst das hin!
Schweinereien in der Wohnung dulde ich nämlich nicht!"

Ja, da war sie wieder, die bekannte Trude! Ich fühlte mich irgendwie erleichtert, dass sie nicht ganz verschwunden war. Und zum
Glück hatte ich von Katzenklos schon mal was gehört. Die Pfarrhaus-
katze, mit der ich bisweilen durch die Gegend stromerte, hatte mir
davon erzählt. Dass sie sie benutzte, wenn sie drin war. Was sie im
Winter meistens war, denn auch sie mochte Kälte nicht besonders.

Trude zeigte mir ihre ganze Wohnung und bis auf zwei Räume,
die sie Küche und Badezimmer nannte, lagen wirklich überall diese Teppiche. Kalte Pfoten würde ich wohl hier nicht bekommen.
Unter den Fenstern waren weiße Dinger angebracht, die eine
wohlige Wärme ausstrahlten.

„Du magst es also warm!", stellte Trude amüsiert fest, als sie
sah, dass ich mich in jedem Raum diesem Wärmedings näherte.
„Schön, dann suchen wir dir einen Schlafplatz neben der Heizung!" Sie holte eine Decke hervor und legte sie vor die Terrassentür. Doch dort schien es ihr nicht zu gefallen, sie verrückte sie so
lange, bis sie neben der Tür und unweit dieser Heizung lag. „Ich
glaube, das wird dir gefallen!", sagte sie. Und: „Gegessen wird in
der Küche, verstanden? Und zwar nur dort!"

Ich merkte mir den Weg sofort, denn in dieser Küche, dessen Fußboden glatt und kühl war, stand schon ein Napf bereit. Sogar zwei.

„Einer für Futter, einer für Wasser!", erklärte Trude und zeigte mir dann noch einen weiteren Raum, in dem dieser Behälter
stand, den sie Katzenklo nannte. Zum Glück schien die Benutzung
simpel. Hinein, Geschäft verrichten, alles verscharren, und wieder
raus. Das kriegte ich hin. Außer meinem Katzenklo standen hier
nur merkwürdige Gegenstände herum. Auch machte er nicht den
Eindruck, als ob Trude hier wirklich wohnen würde.

„Der Hauswirtschaftsraum!", sagte sie, als sie bemerkte, dass
ich alles beschnupperte. „Sieh dich ruhig um. Hier kannst du auch

spielen, wenn du magst. Kaputt machen kannst du hier jedenfalls nicht so viel!"

Die Runde durch die Wohnung, die recht geräumig für eine Person, um nicht zu sagen wirklich groß war, hatte mich ganz schön angestrengt. Ganz offensichtlich wohnte Trude hier auch allein. Das erkannte ich daran, dass sie immer sagte: „Das ist mein Schlafzimmer." Oder: „Das ist mein Wohnzimmer!"

Ich kuschelte mich also auf meine Decke, aber natürlich erst, nachdem ich einen ganzen Napf Futter vertilgt hatte. Sie machte ihn auch schön voll, Hunger leiden würde ich vorläufig wohl nicht. Und während Trude es sich auf ihrem Sofa gemütlich machte und einen großen Apparat anschaltete, aus dem Bilder und Stimmen kamen und den sie Fernseher nannte, dachte ich mir, dass dieser Verband gar nicht mal so schlecht war. Er verschaffte mir ein hübsches, warmes Fleckchen für die nächste Zeit.

In den folgenden Tagen schleppte Trude jeden Tag mehr Dinge an, von denen sie annahm, dass ich sie brauchen würde. Einen Korb, in den sie meine Decke legte und in dem ich schlafen sollte. Und ein merkwürdiges Gebilde, auf das ich hochklettern konnte, wenn ich meinen Verband losgeworden war. Zudem versorgte sie mich reichlich mit gutem Futter, wenngleich auch nicht mit Wurstzipfeln. Dabei schnupperte sie immer so herrlich nach Wurst, wenn sie vom Markt zurückkam. Während sie weg war, durfte ich mich in der Wohnung frei bewegen und ich achtete sehr darauf, nichts kaputt zu machen. Sie verließ früh ganz zeitig das Haus und kam erst abends zurück. Sie war dann geschafft, was nach einem so langen Markttag auch kein Wunder war, jedoch bekam sie nie Besuch, das fiel mir schnell auf. Es rief auch niemand an. Scheinbar hatte sie nicht viele Freunde – nun ja, jetzt hatte sie ja mich.

Nach weiteren Besuchen beim Tierarzt wurde mir dann auch endlich der hinderliche Verband abgenommen. Auch wenn ich diesen Tag herbeigesehnt hatte, schließlich bewegte ich mich wirklich gern, hatte ich ihn auch ein bisschen gefürchtet. Würde mich Trude nun wieder vor die Tür setzen? Jetzt, wo ich doch gerade anfing, mich an dieses herrliche Leben als Hauskatze zu gewöhnen?

„Wenn du willst, kannst du bleiben!", sagte sie, als wir heimfuhren. „Ich kaufe dir ein Halsband, damit die Leute wissen, wo
sie dich hinbringen müssen, wenn du mal verloren gehst. Und
wenn du magst, kannst du auch mit zum Markt kommen! Die
Kinder vermissen dich schon! Sie dachten wirklich, dass du mein
Kater bist! Na ja, jetzt bist du es ja auch irgendwie!" Auch wenn es
etwas brummig klang, so hatte ich doch inzwischen gelernt, dass
sie im Grunde ihres Herzens der liebste Mensch war, den ich mir
vorstellen konnte. Schließlich hatte sie mich gerettet! Und bei sich
aufgenommen! Wirklich schlechte Menschen taten so etwas ganz
bestimmt nicht.

„Klar!", mauzte ich ihr zu. „Ich bleibe gern!"

Und offenbar verstand sie das sogar, denn sie streichelte mich
lächelnd und sah dabei sogar richtig glücklich aus. Jeden Abend,
wenn sie heimkam, redete sie mit mir, als sei es das Normalste von
der Welt, dass sie mir von ihrem Tag erzählte. Es dauerte nicht
lange und mir war klar, dass ich Trude nicht mehr missen wollte.
Sie war eine Seele von Mensch, jemand, der zupackte. Mit ihrer
schnodderigen Art, mit der sie auch mich abgeschreckt hatte, verbarg sie nach außen hin recht gut, dass sie im Grunde ein sehr
sensibler Mensch war. Sie schaute abends oft in die Flimmerkiste
und ich beobachtete sie dabei. Wenn einer dieser Filme traurig endete, griff sie zum Taschentuch, das erstaunte mich schon. So viel
Herz hatte ich ihr früher nie zugetraut! Ihre einzigen sozialen Kontakte pflegte sie mit der Kirchengemeinde. Armen Gemeindemitgliedern brachte sie regelmäßig ein Wurstpaket vorbei. Ich schätze,
das wusste auf dem Markt keiner. Dort kannte man sie nur als die
Trude mit der großen Klappe, die wahre Trude kenne wohl nur ich.

Kurz vor Weihnachten fuhr ich dann morgens mit Trude zusammen
das erste Mal wieder auf den Markt. Sie holte ihren Wurstwagen
ab, dann baute sie ihn auf dem Marktplatz auf. Ganz allein, einen
Mann brauchte sie dafür nicht. Es herrschte das übliche vorweihnachtliche Gewusel: Menschen, die hektisch von einem Stand zum
nächsten eilten, dazu die ganzen Stände der Kunsthandwerker und
Glühweinverkäufer, die ich in den vergangenen Jahren um diese

Jahreszeit immer beobachtet hatte. Es hatte wieder geschneit, doch ich war nicht mehr der durchgefrorene Streuner. Im Gegenteil, ich war gut genährt und mir war auch gar nicht kalt. Ich hatte ein hübsches rotes Halsband mit einer Marke dran um den Hals und setzte mich wie selbstverständlich wieder auf den Mauervorsprung, Trude und unseren Wurstwagen fest im Blick.

„Guck mal, Mama, da ist die Katze ja wieder!", hörte ich ein kleines Mädchen rufen, das mir früher immer mal ein Scheibchen Wurst zugesteckt hatte. Ihre Mama kaufte gerade bei Trude für die bevorstehenden Feiertage ein.

„Hier", hörte ich Trude sagen und sah, wie sie der Kleinen einen Zipfel Wurst runterreichte. „Eddie sollte zwar satt sein nach dem Frühstück, das er verputzt hat, aber er mag sie so gern. Gib sie ihm, ja?"

Die Kleine strahlte und lief sofort auf mich zu, auch wenn ihre Mama noch skeptisch guckte. „Keine Angst!", sagte Trude zu ihr. „Eddie tut ihr nichts. Und er hat garantiert auch keine Flöhe!"

Die Kleine überreichte mir die Wurst und ich mauzte ihr dankbar zu. Hunger hatte ich zwar wirklich nicht, aber wer konnte so einem Zipfelchen Mett schon widerstehen? Ich jedenfalls nicht, und dabei bemerkte ich fast gar nicht, dass die Kleine mich tatsächlich streichelte!

Später am Tag kam dann tatsächlich noch die Bäckersfrau vorbei und brachte Trude einen riesigen Kuchen. Dabei warf sie mir immer wieder besorgte Blicke zu.

„Ich bin froh, dass es Ihrer Katze wieder gut geht!", sagte sie. „Dieser schreckliche Unfall! Es tut mir so leid!"

Trude ließ sie reden. Und alle anderen auch in dem Glauben, dass ich schon immer ihr Kater war. Schließlich kannten mich ja fast alle auf dem Markt. Nun wussten sie auch offiziell, dass ich zu Trude gehörte. Ich tobte mich tagsüber aus, bekam genügend Bewegung und meine Verletzung spürte ich kaum noch, wer hätte das vor ein paar Wochen gedacht! Der Fahrer des Lieferwagens machte jedoch einen großen Bogen um mich, er konnte mich nicht einmal angucken. Trude auch nicht, um die machte er einen noch viel größeren Bogen. Wie sie ihn nach dem Unfall zusammengedonnert hat, war immer noch Gesprächsthema bei den Marktleuten. Und fast alle sagten, dass er es verdient hatte!

„Man fährt kein Tier an und haut dann einfach ab!", brachte es der Blumenhändler auf den Punkt. Der hatte zwar nichts zu fressen für mich, dafür schnupperte es bei ihm immer so herrlich. Und nun, wo ich mich nicht mehr darum kümmern musste, wo ich meine nächste Mahlzeit herbekam, konnte ich mich dem Vergnügen, um seine Blumentöpfe zu streifen, auch regelmäßig hingeben.

Selbst heute, am Heiligen Abend, waren wir früh noch auf dem Markt und haben wie wild Wurst verkauft. Kaum zu glauben, welchen Aufwand die Menschen für dieses Weihnachtsfest betrieben! Trude war jedenfalls höchst zufrieden mit dem Umsatz und hat uns zur Feier des Tages ein Festtagsmenü gekocht! Hühnchen, gebraten, für sie, und die Innereien daraus für mich, ausgesprochen delikat. Die ganze Wohnung ist festlich geschmückt, überall stehen kleine Figuren herum, die Trude zum Nichtspielzeug erklärt hat. Und dann, als es draußen dunkel wurde, hat sie mir einen kleinen Chip am Halsband befestigt.

„Der ist für die Katzenklappe in der Terrassentür, die ich habe einbauen lassen!", erklärte sie mir. „Da ist ein Sensor drin, den die Klappe erkennt und dich wieder reinlässt, wenn du draußen rumgestromert bist! Schließlich sollst du ja abends wieder nach Hause kommen können, nicht wahr?"

Die Veränderungen an der Tür hatte ich bereits bemerkt, aber so getan, als wäre mir nichts aufgefallen. So gut kannte ich Trude schon, dass ich wusste, dass sie nichts ohne Grund tat. Und kaum war sie vorhin aus der Tür, um zur Kirche zu gehen, bin ich hinterhergeflutscht. Erfahrungsgemäß dauert das dort noch eine Weile, deshalb werde ich wohl vor ihr zu Hause sein – und gleich mal meinen Sensor ausprobieren. Und dann, wenn Trude kommt, freut sie sich bestimmt, dass ich schon da bin. Ja, ich genieße es voll und ganz, jetzt auch ein richtiges Zuhause zu haben mit einem Menschen, der mich umsorgt!

***

„So kann man sich in Menschen täuschen!", stellte Mohrle fest, als Eddie fertig war. „Sie lieben es, sich gegenseitig etwas vorzumachen! Nur warum sie das tun, werde ich wohl nie verstehen!"

„Stimmt!", pflichtete ich ihr bei. „Wir Katzen sind da zum Glück anders. Wir geben nicht vor, anders zu sein, als wir sind. Wir reißen uns nur manchmal zusammen, um unsere Menschen nicht zu ärgern oder zu verschrecken, nicht wahr?"

Alle stimmten mir zu, denn sie wussten gut, was ich meinte. Manchmal spielte ich nur mit Lukas, weil ich wusste, dass Janina und Alexander das gern hatten. Auch wenn ich keine Lust dazu hatte. Doch manchmal machte es auch richtig Spaß! Zum Glück musste ich mich ja bei den beiden nicht dauerhaft verstellen!

„Kalbsleberwurst vom Markt! Ich liebe Kalbsleberwurst!", schnurrte Hugo verzückt und riss mich damit aus den Gedanken. „Glaubt mir, die beste Kalbsleberwurst gibt's bei Trude auf dem Markt! Dort kauft Margarete sie immer! Daniel geht dazu leider nur in den Supermarkt! Oh Mann, Eddie, da hast du es aber gut erwischt! Da sitzt du ja nun praktisch an der Quelle! An der Kalbsleberwurstzipfelquelle – hm, lecker!"

„Ach, verwöhnt der dich jetzt auch schon mit Leberwurstzipfeln?", fragte ich spitz. Seine Obsession für Leberwurstzipfel teilte ich so gar nicht. Auch Eddie schien ja ganz wild darauf zu sein und selbst Mohrle leckte sich bei dem Gedanken daran das Mäulchen. Mich reizte das kein bisschen. Ich war eher das Schleckermäulchen, wie Janina es nannte. An einem Schälchen Sahne konnte ich jedenfalls nicht vorbeigehen. An Leberwurstzipfeln schon.

„Wurstenden sind schon was Feines!", mischte sich nun auch Troll ein. „Kennt ihr diese knusprigen Teile, die man in Tüten kaufen kann? Hm, ich sage euch, großartig!"

„Ja, Leckerli aus der Rascheltüte! Die sind echt gut!", stimmte ich ihm begeistert zu. „Janinas Eltern haben sie neulich angeschleppt und Alexander meinte, sie sehen so aus wie die Dinger, die er zum Frühstück isst!"

„Dann pass bloß auf, dass dir Alexander nicht deine Leckerli wegisst!", meinte Hugo.

„Schmeckt das gut?", fragte Trixi schüchtern, als sie bemerkte, wie das Thema uns beschäftigte. „Wurstzipfel meine ich. Ich hatte nur einmal einen erwischt und ich erinnere mich schon gar nicht mehr daran, wie er geschmeckt hat. Im Tierheim gab es sonst nur Trockenfutter oder was aus der Dose!"

Eddie schaute sie mitleidig an. „Deshalb bist du so dünn!", sagte er. „Nun ist ja alles klar!"

„Also, Trixi, ich gebe dir jetzt einen guten Rat!", mischte sich Troll ein, der so langsam aktiv wurde. Ich kannte den drahtigen Kater schon eine Weile. Mit seinem grauweißen Fell, das um die Nase herum ein paar schwarze Sprenkel aufwies, sah er richtig attraktiv aus. Er war ein eher ruhiger Kerl, aber wenn er einmal loslegte, dann war er nicht mehr zu bremsen. So wie jetzt eben.

„Hör gut zu!", sagte er. „Wenn du bei deinen Menschen bist, dann futtere bloß nicht gleich alles, was sie dir in den Napf füllen!", riet er ihr. „Du schnupperst daran herum und wenn es lecker genug riecht, dann probierst du, verstanden? Du verputzt nur dann alles, wenn du entweder ganz großen Hunger hast oder es so lecker schmeckt, dass du nicht mehr aufhören kannst zu futtern. Ansonsten lass schön was drin, lauf immer mal wieder hin, schnuppere dran, nasche einen Happen und so weiter. Du wirst sehen, dein Frauchen wird dich aufmerksam beobachten, sie muss dich ja erst noch kennenlernen, und dann wird sie entscheiden, welches Futter sie häufiger kauft. Wenn sie keine eindeutigen Vorlieben feststellt, wird sie verschiedene Sorten ausprobieren – und du kannst dich durch das komplette Angebot futtern. Du kriegst den Bogen schnell raus, garantiert. Wenn etwas besonders gut schmeckt, futterst du ein bisschen schneller, leckst dir das Mäulchen und die Pfoten, das verstehen die Menschen. Und wenn du etwas mal gar nicht magst, dann rühr es bloß nicht an!", warnte er sie eindringlich. „Dann mache einen großen Bogen um den Napf und mauzte kläglich. Schnuppere dran, auch wenn es scheußlich ist, aber friss es nicht. Glaub mir, nichts versetzt Menschen schneller in Angst, als wenn du nichts frisst! Dann werden sie sofort loslaufen und dir etwas anderes besorgen. Und diese Sorte garantiert nie wieder kaufen!"

Mohrle stimmte mauzend zu.

„Stimmt!", so habe ich Daniel auch dazu gebracht, nur noch mein Lieblingsfutter zu kaufen!", gab Hugo zu. Offenbar war ich die Einzige, außer Trixi versteht sich, die diesen Trick nicht kannte. Ich hatte immer brav gefuttert, was Janina mir in den Napf getan hatte. Aber da es immer schmeckte, hatte ich keinen Grund mich zu beklagen. Trotzdem nahm ich mir vor, den Trick im Hinterkopf zu behalten. Wer weiß, vielleicht konnte ich ihn ja irgendwann doch einmal anwenden.

„Du musst unbedingt am Anfang klarstellen, was du willst und was nicht!", empfahl Troll der Kleinen. „Wenn du einmal was mitmachst, was du eigentlich nicht willst, dann ist es deinen Menschen nur schwer wieder abzugewöhnen!", warnte er.

Trixi schniefte. „Aber dazu muss ich doch erst mal wieder zurück zu Anni finden! Sie hat ganz viel Futter geschenkt bekommen! In Dosen, Schalen und Schachteln. Alles sieht ganz verschieden aus. Es sind Unmengen! Ich glaube, da kann ich genug probieren. Was hätte ich für ein schönes Leben haben können, aber ich musste ja unbedingt weglaufen!"

Sie zitterte vor Angst und tat uns allen furchtbar leid.

„Jetzt hör mal zu!", sagte Hugo, ehe Trixi vollends die Nerven verlieren konnte. „Wir haben dich im Gebüsch aufgelesen, klar? Und Molly und ich wissen auch noch, wo das war! Erinnere dich, Trixi, bist du über eine Mauer geklettert oder einen Zaun gesprungen, als du weggelaufen bist?"

„Geklettert? Nein!", mauzte Trixi sofort. „Ich bin auch nirgends drübergesprungen. Nur über eine Straße gelaufen. Glaube ich jedenfalls. Ich kann mich nicht mehr erinnern!"

„Nicht die Nerven verlieren!", mahnte Hugo streng. „Ich versuche nur herauszufinden, woher du gekommen bist!"

Ich sah Hugo an, dass er schon eine Ahnung hatte. Ich übrigens auch. „Wenn sie nicht geklettert oder gesprungen ist, kann sie eigentlich nur aus Richtung Gartenstraße gekommen sein!", sagte ich. Hugo stimmte mir zu. Trixi jedoch zweifelte noch.

„Dort stehen Häuser direkt an der Straße, wo die Autos davor parken können. Es gibt aber breite Fußwege, die jedoch nicht bepflanzt, sondern mit Steinplatten ausgelegt sind. War da auf dem Fußweg ein Baum oder Gras?", hakte ich nun ganz genau nach.

Trixi überlegte kurz. „Nein", sagte sie dann. „Nicht, dass ich mich erinnern würde!"

„Gut!", behauptete Hugo. „Dann kannst du nämlich nur über die Gartenstraße gekommen sein! Die heißt nur so, richtige Gärten gibt es nur hinter den Häusern, nicht davor. Und das schränkt unseren Suchradius schon mal erheblich ein! Denk nach, Trixi, kannst du dich noch an Gerüche erinnern? In der Bertholdystraße stehen so Kübel mit verdorbenem Kram direkt vor den Haustüren, das müffelt meist ganz scheußlich, aber Menschen sind da nicht so empfindlich wie wir. Daniel schmeißt in solche Tonnen auch immer was rein und nennt das dann Biomüll. Riecht trotzdem furchtbar!"

Trixi überlegte wieder, aber dieses Mal nur kurz. „Nein", sagte sie dann. „Übel gerochen, hat es da nicht."

„Siehst du, so langsam grenzen wir das Viertel ein!", lobte ich sie. „Du wirst sehen, wir bringen dich nachher schon nach Hause!"

„Ja, aber wie komme ich rein?", fragte sie leise.

„Hey, ehe hier noch traurige Stimmung aufkommt, wollt ihr hören, was ich heute im Kinderheim erlebt habe?", fragte Troll in die Runde. „Menschen und ihre Probleme, ich sage euch!"

„Aber natürlich wollen wir das wissen!", erklärte ihm Mohrle sofort. „Nicht, dass wir besonders neugierig wären, aber du erzählst ja sonst kaum was. Los, lass hören, wo du dich so rumtreibst und wie dein Heiliger Abend verlaufen ist!", forderte sie ihn auf.

Weihnachtsmann sucht Vertretung

Troll erzählt

Ich liebe meine Kinder! Ja, ganz ernsthaft! Obwohl es nicht meine eigenen und sie auch alles andere als leise sind! Ich weiß, dass manche Menschen Vorbehalte gegenüber Heimkindern haben. Ich nicht! Mir macht sie das sympathisch, denn ich bin sogar in einem Heim geboren – in einem Tierheim! Allerdings habe ich dann, als ich allein für mich sorgen konnte, schnell das Weite gesucht und mich lieber draußen in Freiheit durchgeschlagen. Zunächst in der Stadt, dann habe ich für eine Weile auf einem Bauernhof gelebt. Zumindest so lange, bis sich der Bauer einen großen Schäferhund anschaffte, der mich auf Anhieb nicht leiden konnte. Ehe es zum Unglück kam, nahm ich mein Schicksal wieder selbst in die Hand und zog zurück in die Stadt.

Der Zufall ließ mich Gerhard über den Weg laufen. Es regnete und ich fragte mich, ob ich in dem Schuppen auf dem eingezäunten Grundstück hinter der Waldstraße nicht vielleicht einen Unterschlupf finden konnte. Zumindest so lange, bis die dunklen Wolken sich verzogen. Der Schuppen war Gerhards Werkstatt, und sie war auch nicht leer, denn er werkelte eifrig an ein paar kaputten Stühlen herum. Doch es schien ihn nicht zu stören, dass ich mich hineinschlich, im Gegenteil. Ohne große Worte holte er ein Schälchen und goss etwas von seiner Kaffeesahne hinein. Dann stellte er es mir wortlos vor die Nase. Überrascht machte ich mich darüber her, wer schlägt so eine Gelegenheit schon aus? Und verwöhnt war ich ja nun weiß Gott nicht. Trotzdem wunderte ich mich schon etwas. Erfahrungsgemäß fangen Menschen immer sofort an zu quatschen, wenn sie was machen oder jemanden treffen. Gerhard nicht, der war anders. Der fummelte an seinen Stühlen herum, während ich mich putzte. Als er ging, warf er mir einen fragenden Blick zu, und als ich keine Anstalten machte, den

Schuppen zu verlassen, schloss er hinter sich die Tür. Er warf mich nicht raus, das war ein guter Anfang. Natürlich hatte ich längst gecheckt, dass im hinteren Bereich des Schuppens ein paar Bretter lose waren. Dort hätte ich jederzeit entwischen können, wenn mir die Sache zu brenzlig wurde. Mir einen Fluchtweg offen zu halten, hatte ich im Laufe der Jahre gelernt. Man weiß ja nie, in welche Situation man gerät, und manchmal ist es eben nötig, ganz fix zu verschwinden.

Im Schuppen war es hübsch ruhig. Niemand kam da hinein, nur Gerhard, und der brachte mir, als es draußen schon den zweiten Tag in Folge wie aus Eimern schüttete, sogar etwas zu fressen mit. Hatte er das grimmige Knurren meines hungrigen Magens gehört? Keine Ahnung, jedenfalls war von dem Moment an das Eis gebrochen.

Es wurde ein langer, harter Winter, der Schnee wollte einfach nicht wegtauen, und es fror bis in den April hinein. Gerhardt störte das weniger, er zog sich mehr und mehr Jacken an und stellte einen kleinen Ofen im Schuppen auf, sodass es schön warm wurde. Und da er mich nicht vor die Tür komplimentierte, blieb ich einfach. Am Anfang teilte er seine Kaffeesahne mit mir, aber dann besorgte er Katzenfutter in Dosen. Vielleicht, weil er seinen Kaffee nicht mehr schwarz trinken wollte. Wir arrangierten uns, ich kam ihm nicht in die Quere und er ließ mich bleiben. Für wie lange, wusste ich noch nicht.

Während ich also auf den Frühling wartete, nutzte ich die Zeit und sah mich um. Der Zaun umfasste nicht nur den Schuppen, sondern auch ein recht großes Haus mit vielen Fenstern. Abends, so hatte ich bemerkt, wurde nicht nur der Schuppen verschlossen, sondern auch das Tor, das das Grundstück von der Straße trennte. Ich hatte in den vergangenen fünf Jahren, die ich nun schon wieder in der Stadt lebte, immer wieder Menschen beobachtet. Auch, wie sie mit ihren Kindern umgingen. So verwunderte es mich doch, dass in diesem Haus zwar Kinder lebten, aber keine Eltern dazu. Und die Erwachsenen, die hier täglich herkamen, gingen irgendwann wieder. Ein seltsamer Ort; ich konnte mir wirklich keinen Reim darauf machen. Gerhardt lebte jedenfalls auch auf dem Grundstück. Mit seiner Frau Margot. Sie arbeitete als Erzieherin im Heim, und sie war es auch, die mir einen Namen gab.

„Du siehst aus wie der kleine Kater aus meinem Lieblingskinderbuch!", sagte sie. „Er heißt Troll!"

Nun, mit dem Namen konnte ich leben.

Ich begann, mich vorsichtig den Kindern zu nähern. Sie lebten in Wohngruppen, die fast familiär strukturiert waren, mehrere Erzieherinnen und Erzieher kümmerten sich um jeweils eine Handvoll Kinder unterschiedlichen Alters, die locker als Geschwister durchgehen konnten und sich auch so verhielten. Sie stritten, neckten und vertrugen sich. Und fast immer hielten sie zusammen, wenn es darum ging, die Erzieher hinters Licht zu führen. Mich behandelten sie wie ein weiteres Familienmitglied. Aber als Kater hatte ich natürlich eine gewisse Sonderstellung, ich schlich durchs Haus, ohne dass sich jemand daran störte. Selbst für die Erzieher war meine Anwesenheit schon bald ganz normal, doch ich hielt mich an die Kinder! Mit Lucy, Ronny, Tamara und Kevin freundete ich mich besonders schnell an. Sie lebten alle zusammen in einer Wohngruppe, und es machte ihnen richtig Spaß, mich zu streicheln. Schnell gewöhnten sie sich an, mir morgens, bevor sie in die Schule gingen, noch etwas zu essen herauszuschmuggeln. Sie wollten mir wohl einen Gefallen tun, doch mich verwirrte es am Anfang eher, bis mir klar wurde, dass sie mir damit ihre Zuneigung bewiesen! Auch wenn ich Brötchen und Toast nicht besonders schätze, zählte allein der Wille. Wenn es nach den beiden Mädchen gegangen wäre, hätten sie mich Tag und Nacht gebürstet. Vor allem Lucy war sehr anhänglich. Kaum kam sie aus der Schule, hörte ich, wie sie mich suchte. Selbst Gerhardt fiel das auf. Doch so brummig er sich auch gab, die Kinder behandelte er immer sehr liebevoll.

Ich erkannte schnell, dass Kinder eine hervorragende Informationsquelle darstellen. Vor allem Lucy plapperte pausenlos, während sie mich streichelte. Lucy nahm mich, ohne zu zögern, mit in ihr Zimmer, setzte sich mit mir in die Sofaecke und plauderte los. Von den Dingen, die ihr in der Schule passiert waren, von Robert, ihrem Lieblingserzieher, der nicht nur ihr Lieblingserzieher, sondern der Lieblingserzieher aller Kinder im Heim war, und von ihrer Mutter, die auch in einem Heim lebte, wenn auch in einem ganz anderer Natur.

„Robert sagt, wenn sie ihr Problem in den Griff kriegt, dann darf ich auch wieder bei ihr wohnen!", erzählte sie mir ganz optimistisch. Lediglich Roberts ernster Gesichtsausdruck, der ihr Geplapper hörte, ließ mich ahnen, dass sie damit wohl nicht ganz richtig lag. Ich beschloss, mehr herauszufinden, was kein großes Problem darstellte, denn ich belauschte die Erzieher einfach bei ihrer Dienstbesprechung. In meiner Unauffälligkeit und der Tatsache, dass Menschen uns Tieren ohnehin nicht viel Grips zutrauten, lag mein Vorteil gegenüber den Kids. Wenn die sich irgendwo anschlichen und man sie bemerkte, bekamen sie einen Rüffel und wurden weggeschickt. Und so hörte ich, dass Lucys Mama ein Alkoholproblem hatte.

„Die bisherigen drei Entzugsversuche haben nichts gebracht", stellte der Heimleiter fest. Oje, das klang wirklich wenig optimistisch, gut, dass Lucy das nicht ahnte.

Zum Glück kümmerte sich Tamara, eine bildhübsche Vierzehnjährige mit braunen langen Haaren, rührend um sie. Wie eine richtige Schwester.

Ich schloss die Kinder ins Herz, Gerhard sowieso, also blieb ich, auch als es Sommer wurde. Meist stromerte ich tagsüber draußen herum, aber ich kam immer zurück. Denn da war eigentlich immer was los. Die Erzieher stellten Beschäftigungsprogramme auf die Beine, die ihresgleichen suchten: Abende am Lagerfeuer, Sommerfeste, zelten im Garten. Und die Kinder revanchierten sich für so viel Einfallsreichtum mit kreativen Streichen, die sie ihnen spielten. Am liebsten verkohlten sie Herrn Ferdinand, den Heimleiter. Zugegeben, er sah schon aus wie das geborene Opfer: klein, schmächtig, wenig zäh. Er war eher still und in sich gekehrt, genoss aber ganz offensichtlich bei seinen Kollegen einen guten Ruf, und man konnte sich auf ihn verlassen, das wussten auch die Kids.

Einmal beobachtete ich, wie die Kinder einer anderen Wohngruppe auf seinen Wagen kleine Männchen drapierten – aus nasser Erde, Blüten, Blättern und allem Möglichen. Das Kunstwerk reichte von der Motorhaube über die Frontscheibe bis hin zum Dach. Der arme Kerl brauchte eine halbe Stunde, um den Kram von seinem Auto zu räumen!

Kurz vor den Sommerferien bekam Lucy dann tatsächlich die Information, dass ihre Mutter nun endlich den Entzug geschafft hatte.

„Ich bin so froh!", jubelte sie. „Dann kann ich vielleicht schon bald nach Hause!"

Sie war so glücklich, dass sie gar nicht bemerkte, welche Blicke sich ihre Pflegegeschwister zuwarfen. Auch Robert schwieg betreten.

„Sie macht sich wirklich Hoffnungen!", hörte ich ihn später zu Herrn Ferdinand sagen. „Aber nach so vielen gescheiterten Entzügen hält sich meine Zuversicht in Grenzen!"

Herr Ferdinand nickte. Dass Kevin und Tamara das ähnlich sahen, reimte ich mir zusammen. Sie waren besonders nett zu der Kleinen und auch für sie da, als ihre Mama sie nicht, wie versprochen, besuchte.

„So eine Krankheit ist oft unvorhersehbar!", versuchte Robert es ihr irgendwie zu erklären. Sie weinte bitterlich, es tat mir richtig weh. Wie kam es nur, dass Menschen ihre eigenen Kinder so behandelten? Merkte Lucys Mama denn gar nicht, wie sehr die Kleine sie brauchte? Auch wenn sieben Jahre für eine Katze ein stolzes, um nicht zu sagen das beste Alter war, für ein Menschenkind war das gar nichts. So verging also der Sommer, ohne dass Lucy ihre Mama zu sehen bekam. Dass die anderen Kinder eigentlich nie über ihre Familien sprachen, fiel mir in dem Zusammenhang besonders auf. Ich bekam nur mit, dass Oliver und Sebastian offenbar Brüder waren. Spätestens hier stieg ich geistig aus der Vorstellung aus, mir diese merkwürdigen Familienverhältnisse irgendwie erklären zu können, schon weil der eine Besuch von einer Oma bekam, die aber nicht die Oma des anderen Jungen war. Vielleicht, so überlegte ich mir, während ich Gerhard beim Werkeln zusah,

vielleicht war der Familiensinn nicht bei allen Menschen gleich
ausgeprägt. Ebenso wie bei Katzen, die ja für gewöhnlich nicht bis
ans Lebensende Kontakt zu ihren Blutsverwandten pflegen. Ich
beschloss, diese Kinder als das zu sehen, was sie waren – liebens-
würdige Racker. Dabei hatten sie mein Herz längst erobert.

Als es auf Weihnachten zuging, wurde Lucy besonders deprimiert.
Natürlich auch, weil ihre Mutter sie immer noch nicht besuchen
konnte.

„Letztes Weihnachten war ich noch bei Mama!", erzählte sie
mir. Dass sie schon viel reifer klang als andere Kinder in ihrem
Alter, war kein Wunder. Ich ließ mich also von ihr streicheln und
sie redete weiter. Auch davon, dass sie damals zwar noch daheim
gewohnt, ihre Mutter sich aber schon nicht mehr um sie geküm-
mert hatte.

„Frau Reimann, unsere Nachbarin, hat mich zum Essen eingeladen, weil Mama betrunken war!", flüsterte sie.

„Dieses Jahr ist keiner betrunken!", versicherte ihr Robert, der
plötzlich neben uns stand. Wie immer hatte er Wochenenddienst.
Er war noch jung, hatte, wie ich wusste, keine eigene Familie, da
bekam er natürlich meist die Schichten, die sich nicht so gut mit
Frau und Kindern vereinbaren ließen. Aber es schien ihm auch
nichts auszumachen. Er liebte die Kinder und verbrachte seine
Zeit gern mit ihnen. Mit den älteren führte er richtig ernsthafte
Gespräche, mit den kleinen, wie Lucy, alberte er auch schon mal
rum. Nun überredete er Lucy dazu, Weihnachtsgeschenke zu basteln.

„Aber du bist ja Weihnachten gar nicht da!", lehnte Lucy erst
einmal ab. „Warum soll ich dir denn da ein Geschenk basteln?"

„Du sollst doch keins für mich basteln, Lucy. Bastle einfach für
jemand anderen. Vielleicht für Troll? Du kannst auch für Gerhard
ein Bild malen, das kann er sich dann in seiner Werkstatt aufhän-
gen! Malen kannst du doch so besonders schön!", ließ Robert
nicht locker.

„Aber du bist nicht da!", beharrte Lucy trotzig.

„Das macht doch nichts, Lucy!", sagte Robert einfühlsam.

„Weihnachten fällt doch nicht aus, nur weil ich einmal nicht da bin. Weißt du, ich komme fast jedes Wochenende und übernehme auch sonst freiwillig die Feiertagsdienste. Aber dieses eine Weihnachten muss ich unbedingt freihaben. Ich muss nämlich etwas in Ordnung bringen!", sagte er geheimnisvoll.

Dass es ihm ernst war mit Weihnachten, erkannte ich daran, dass er auch seinen Chef immer wieder an sein freies Weihnachtsfest erinnerte. Er hatte wohl offenbar wirklich etwas vor. Etwas, das keinen Aufschub duldete und enorm wichtig zu sein schien. Es weckte meine Neugier, doch vorläufig kam ich nicht dahinter.

Während Lucy sich letztlich doch vom Bastelfieber anstecken ließ, beobachtete ich Gerhardt, wie er überall Lichterketten anbrachte. Und in den nächsten Tagen ging es Schlag auf Schlag: Mehrere Weihnachtsbäume wurden geliefert und von Kindern und Erziehern in den verschiedenen Wohnräumen aufgestellt und von den Gruppen geschmückt. In der Küche wurden Plätzchen gebacken, nebenbei gesungen und das ganze Haus geputzt. Sie hingen nicht nur Lichterketten auf, sondern auch Strohsterne, und stellten überall Kerzen und kleine Puppenstuben, die sie Krippen nannten, auf. Darin standen kleine Holzfiguren, die fast so aussahen, als ob sie einen Bauernhof nachstellten. Dazu eine Mama, ein Papa und ein Baby, richtig niedlich. Lucy staubte sie jeden Tag ab und ordnete die kleinen Figuren wieder ganz korrekt und liebevoll an. Und es wurde heftig weitergebastelt! Da keiner sehen sollte, was der andere so trieb, verbarrikadierten sich manche sogar in den Schlafräumen. Nur ich konnte ungestört von einem Zimmer zum nächsten stromern und nach dem Rechten sehen. An den Adventssonntagen saßen nachmittags alle gemütlich beieinander, Robert las aus einem dicken Buch Geschichten vor und es wurde Kakao getrunken und Plätzchen gegessen. Es war zauberhaft, die Stimmung ganz besonders heimelig und selbst Lucy vergaß fast, dass es ihr erstes Weihnachtsfest im Kinderheim sein würde. Meines übrigens auch, wenngleich es mir schon leidtat, dass Robert nicht dabei war. Denn er schaffte es wirklich, die Kinder in die richtige Stimmung zu versetzen. Doch von seinem

Plan, einmal sein Privatleben an die erste Stelle zu setzen, rückte
er keinen Moment ab. Auch nicht, als ein paar der Erzieherinnen
ihn inständig baten zu tauschen. Er lehnte ab, wenngleich es ihm
sichtlich schwerfiel.

Dann war er da, der Heilige Abend, und ich war schon sehr gespannt darauf, wie so ein Weihnachtsfest ablaufen würde. Der Vor-
spann, den Robert als Adventszeit bezeichnet hatte, war ja schon
mal ganz nett, heute sollte es zum ultimativen Höhepunkt kommen. Herr Ferdinand hatte sich selbst eingeteilt und Margot war
natürlich mit ihrem Gerhard dabei, dann noch zwei recht junge
Erzieherinnen, die keine eigenen Kinder hatten und es deshalb
nicht so schlimm fanden, an dem Tag zu arbeiten.

   „Es kommen so viele, wie kommen müssen, alle anderen bleiben bei ihren Familien!", hatte ich den Boss sagen hören. Er war
eben nett, und das wussten alle. Da er Gerhard ganz großzügig
als Betreuer mitzählte, hieß das, dass eine Erzieherin mehr freibekommen konnte. Sie freute sich sehr und Robert, der hatte heute
natürlich auch freibekommen.

   Bis zum Mittag verlief der Tag eigentlich wie immer. Doch dann
passierte das Drama, mit dem keiner rechnen konnte. Margot erfuhr es als Erstes, und zwar übers Telefon.

   „Heidrun ist mit dem Auto verunglückt!", rief sie aufgeregt und
lief schnurstracks an Gerhard und mir vorbei zu Herrn Ferdinand.
Nach einigen weiteren Telefonaten konnte der zumindest teilweise Entwarnung geben.

   „Sie ist nur leicht verletzt, steht aber unter Schock!", klärte er
Gerhard und Margot auf. „Sie ist auf der Landstraße ins Schleu-
dern gekommen, weil ein Reifen geplatzt ist. Der Wagen hat sich
wie ein Brummkreisel gedreht und ist in den Straßengraben ge-
kracht! Zum Glück kam gerade kein anderes Auto und es stand
auch kein Baum im Weg. Trotzdem, arbeiten kann sie heute nicht!
Ich habe mit Clara telefoniert, schließlich brauchen wir ja Ersatz,
aber sie ist so erkältet, dass sie befürchtet, alle anzustecken. Sie
kann nicht einspringen, so leid es ihr tut." Er sah einigermaßen
ratlos aus, kein gutes Zeichen!

Die Kinder hatten das Drama zum Teil mitbekommen, was der Weihnachtsstimmung natürlich nicht besonders zuträglich war. Ich gab mir große Mühe, Lucy zu bespaßen, aber die Angst stand ihr ins Gesicht geschrieben. Die Plätzchen rührte plötzlich niemand mehr an und die bevorstehende Weihnachtsfeier schien auch auf einmal in Gefahr.

„Wenn sie keinen finden, der kommt, dann teilen sie uns auf und bringen uns woanders unter!", unkte Oliver. „Ich lebe seit Jahren in Heimen, ich weiß, wie so was läuft! Es gibt einen Betreuungsschlüssel, den müssen sie einhalten, egal wie."

„Aber das können sie doch nicht machen!", protestierte Sebastian. „Hast du das schon mal erlebt? Dass sie alle aufteilen?"

Oliver schüttelte den Kopf. „Nein, aber dass es personell mal knapp wurde, schon. Dann wurde es immer hektisch!"

„Ja, aber es ist Weihnachten, da teilt doch niemand bestehende Gruppen auf!", wandte Tamara entschieden ein. „Das können die doch nicht mit uns machen!"

Kevin setzte sich neben Lucy und strich ihr tröstend über den Kopf. Auch er wirkte sehr nachdenklich. „Am Ende geht's nicht um wollen oder können", stellte er fest. „Es geht darum, dass jemand die Verantwortung übernehmen muss, wenn was passiert. Und an Weihnachten sind eben viele weggefahren, sie haben es uns doch erzählt! Meint ihr, in anderen Heimen ist das anders? Da draußen haben fast alle eine Familie, mit der sie feiern wollen! Und im Zweifel ist die eben wichtiger als wir! Seien wir ehrlich, wir wünschen uns doch alle, auch so eine Familie zu haben!"

„Ihr seid meine Familie!", sagte Lucy plötzlich. „Und ich will nicht woanders hin!"

„Niemand geht woanders hin!", unterbrach Gerhard die düsteren Spekulationen. „Wir machen jetzt erst einmal Weihnachtsmusik an und dann trinken wir noch einen Kakao. Der Boss telefoniert gerade und ich bin sicher, ihm fällt was ein. Es gibt immer eine Lösung, verstanden? Hört auf, den Kleinen Angst zu machen, ja?"

Gerhard nickte Kevin und Tamara zu. Die beiden kümmerten sich auch um den Kakao und die Plätzchen, Tamara brachte mir

sogar ein Schälchen Sahne mit aus der Küche, wie nett von ihr. Sebastian machte sich an der Musikanlage zu schaffen und stellte so
die Musik an. Und weil Tamara Lucy zum Tischdecken einteilte,
vermutlich um sie abzulenken, schlich ich mich leise davon. Wäre
doch gelacht, wenn ich nichts herausfinden würde! Nicht, dass ich
den Kindern hätte wirklich helfen können, aber ich war eben gern
vorbereitet. Also tigerte ich zum Büro des Heimleiters.

„Wir müssen", stellte er gerade mit ernstem Gesicht fest, „wohl
oder übel jemanden aus dem Urlaub zurückbeordern!" Er sah Margot an, die auch einigermaßen ratlos wirkte. Wie ungern er das tat,
war ihm deutlich anzumerken. Er griff zum Telefon, während Margot
das Zimmer verließ und Gerhard bei den Kindern unterstützte, ich
dagegen blieb. Ich beobachtete sein Zögern und seine Mimik, doch
dann tippte er entschlossen eine Nummer ein. Ich hielt den Atem an.
Nein, das würde wirklich kein angenehmes Gespräch werden!

„Es tut mir wirklich sehr, sehr leid!", sagte er und ich ahnte,
mit wem er sprach. „Aber Conny ist mit ihrem Mann nach Bayern
gefahren und Timo bei seinen Eltern an der Ostsee. Die können
gar nicht herkommen, zumindest nicht heute! Und Otto ist bei
seinen schwer kranken Eltern, du weißt doch, die Mutter hat Alz-
heimer, wer weiß, ob sie nächstes Weihnachten überhaupt noch
etwas mitbekommt. Robert, ich weiß sonst wirklich nicht, wen ich
noch anrufen soll! Du kennst doch die Vorgaben!"

Herr Ferdinand musste nicht lange weiterreden und die Kinder nicht länger zittern, es dauerte keine halbe Stunde und Robert
stand in der Tür. Sichtlich geknickt, aber gesund und munter.

„Ein Unfall an Heiligabend ist wirklich schrecklich!", begrüßte er Margot, die ihn auch recht vorsichtig musterte. Wusste sie
vielleicht, was er vorgehabt hatte? Wenn ja, hatte sie es ihrem
Gerhard jedenfalls nicht gesagt, denn der war völlig ahnungslos,
was er auch unumwunden zugab.

„Wer weiß, vielleicht wollte er seiner Freundin einen Antrag
machen?", spekulierte Tamara lächelnd. „Er hat eine Freundin,
das weiß ich!", beharrte sie, als Sebastian das infrage stellte. „Warum also sollte er sie nicht heiraten wollen? Und so ein Antrag,
ganz romantisch unterm Weihnachtsbaum, das ist doch was!"

„Weiberkram!", spottete Oliver. „Auf so was kommen echt nur Mädchen! Ich schätze, er wollte endlich mal mit seinen Kumpels um die Häuser ziehen und so richtig einen draufmachen! Er kommt ja sonst nie dazu!"

„Aber dazu braucht er ja nicht unbedingt Weihnachten!", wandte Tamara entschieden ein. „Er hat aber gesagt, dass er unbedingt Weihnachten freihaben will! Also muss es wohl etwas sein, dass nur an Weihnachten geht!"

Gegen diese Logik kam Oliver nicht an, das gab er auch zu.

„So kriegen wir es jedenfalls nicht raus!", stellte Tamara resigniert fest. „Wir können nur raten!"

„Oder ihn einfach fragen?", schlug Kevin vor, machte aber keinerlei Anstalten vorzupreschen und die Sache in die Hand zu nehmen. Das übernahm tatsächlich Lucy, die, als sie merkte, dass es sonst keiner tat, einfach zu Robert hinüberlief. Er schaute gedankenverloren aus dem Fenster, es war inzwischen dunkel geworden und Lucy musste ihn anstupsen, damit er sie überhaupt bemerkte.

„Warum bist du so traurig?", fragte sie ihn ganz direkt. „Was wolltest du denn unbedingt heute machen?"

Alle hielten den Atem an, selbst Herr Ferdinand und Gerhard, die gerade hereingekommen waren.

„Ich wollte einen Fehler wiedergutmachen, der mir letztes Weihnachten unterlaufen ist!", gab er zu und nahm Lucy in den Arm, die sich ohnehin an ihn schmiegte.

„Was hast du denn für einen Fehler gemacht?", fragte die Kleine in ihrer kindlichen Naivität weiter. Nun bemerkte Robert auch, dass sich alle Blicke auf ihn richteten.

„Na gut, setzen wir uns!", sagte er und nahm Lucy an die Hand. Sie ließen sich direkt vor den Kannen mit dem frischen Kakao nieder und Robert griff gedankenversunken nach einem Weihnachtsplätzchen.

„Meine Nichte, Mia, ist jetzt vier Jahre alt!", begann er. „Im letzten Jahr hat mein Bruder mich gefragt, ob ich mir zutraue, als Weihnachtsmann von ihr den Nuckel zu kassieren, weil sie mit drei schließlich schon ein bisschen alt dafür ist. Und er und seine Frau haben die hübsche Regel, dass die Kinder mit drei Jahren ihren Nuckel dem Weihnachtsmann geben müssen, im Austausch gegen die

Geschenke, versteht sich. Bei den beiden älteren Kindern, Noah, er
ist inzwischen neun, und Miriam, sie ist jetzt sieben wie du, Lucy,
hat es auch prima funktioniert. Sie haben ihre Nuckel immer freiwillig abgegeben, war überhaupt kein Problem. Allerdings war ich
nicht der Weihnachtsmann, sondern mein Bruder Johannes. Nur
der konnte letztes Jahr nicht, er fährt zur See und war unterwegs.
So wie dieses Jahr auch. Da sind sie auf mich gekommen. Und ich
dachte natürlich, dass ich Mia ihren Nuckel abnehmen könnte, zugesehen, wie man das macht, hatte ich ja schon zwei Mal. Doch die
Sache ging gründlich schief!" Robert schüttelte ratlos den Kopf, während Margot sich ein Grinsen nicht verkneifen konnte. „Hey, ich bin
Erzieher, ich sollte so was können!", redete Robert weiter. „Doch
Mia hat mich total um ihre kleinen Fingerchen gewickelt. Erst hat
sie ein Gedicht aufgesagt, dann sogar noch ein Lied gesungen, ich
habe gar nicht gemerkt, ab wann die Sache aus dem Ruder lief. Auf
jeden Fall stand sie am Ende mit einem Berg voller Geschenke da
und als ich dann den Nuckel verlangte, hat sie ein Geschrei veran-
staltet, als ob das Abendland unterginge. Ich habe es einfach nicht
übers Herz gebracht, ihr das Teil einfach wegzunehmen! Dass mein
Bruder das nicht witzig fand, könnt ihr euch ja denken, denn Mia
nuckelt fröhlich weiter, bis heute!"

Irgendwoher war ein leises Kichern zu hören, doch die meisten
rissen sich zusammen. Die ganze Tragik der Geschichte erschloss
sich mir gewöhnlichem Kater natürlich nicht, den Menschen um
mich herum allerdings schon, das war offensichtlich.

„Und heute wolltest du einen neuen Versuch starten?", hakte Kevin nun nach. Robert nickte. „Klar, ich habe Mia das Puppenhaus gebaut, das sie schon immer haben wollte! Und mein Plan war wirklich
genial! Ich wollte ihr das Teil zeigen und ihr dann den Nuckel abnehmen. Und erst dann sollte sie es bekommen. Ich hatte mir ganz fest
vorgenommen, knallhart zu bleiben und mich auf nichts einzulassen!
Ich habe sogar alle Varianten vor dem Spiegel durchgespielt!"

Nun lachte Margot wirklich. „Du und hart bleiben, na das will
ich sehen!"

„Doch!", beharrte Robert. „Ich wäre hart geblieben. Schon, um
Jacob zu beweisen, dass auch sein kleiner Bruder es draufhat. Ich

muss mich an Johannes messen lassen! Und glaubt mir, es ist nicht immer ein wahres Vergnügen, mit zwei älteren Brüdern aufzuwachsen, die auf fast allen Gebieten als Überflieger gelten, Sportskanonen waren und so ziemlich alles mit Bravour bestanden! Ehrlich, das war eine Riesenblamage letztes Jahr, doch das Schlimmste ist dieser furchtbare Nuckel, den Mia immer fröhlich durch die Luft schwenkt, wann immer ich sie sehe! Und dann treffen mich tausend böse Blicke von Mama, Papa und sämtlichen Verwandten!"

Oje, das konnte ich mir nun wieder gut vorstellen – nein, wirklich nicht schön.

„Und morgen ist es zu spät für deinen Plan, oder?", fragte Lucy leise.

Robert nickte. „Klar, heute ist Weihnachten, heute kommt der Weihnachtsmann und bringt das Puppenhaus. Besser gesagt, er kommt heute natürlich nicht, weil ich ja nicht hinfahren kann und auf die Schnelle natürlich keinen Ersatz gefunden habe. Ich meine, an Heiligabend treibt man nicht mal schnell so kurz vor knapp einen vertrauenswürdigen Weihnachtsmann auf. Meine Kumpels haben mir jedenfalls alle einen Korb gegeben und meine Verlobte, nun ja, sie ist echt kein Weihnachtsmann, nicht mal ansatzweise! Das nimmt Mia ihr nicht ab, die Kleine ist schließlich ziemlich gewitzt. Also hat der Weihnachtsmann, so die Version, die sie nachher Mia präsentieren, das tolle Puppenhaus vertrauensvoll ihren Eltern übergeben, weil er selbst leider, leider verhindert ist. Ich hoffe ja, das sie davon so begeistert ist, dass sie den Weihnachtsmann als solchen kaum vermisst, immerhin muss sie nicht mal ein Gedicht aufsagen oder ein Lied singen. Und ihr den Nuckel ohne eine Gegenleistung zu entlocken, das kann ich vergessen. Hat sie das Puppenhaus erst mal, nuckelt sie fröhlich noch ein Jahr weiter! Schon, um uns alle zu foppen!"

„Im nächsten Jahr kriegst du garantiert frei!", versprach sein Boss prompt. „Und wenn ich einen mehr einteile, zur Sicherheit!" Robert nickte. Doch zufrieden wirkte er nicht.

„Nimm ihr das blöde Nuckelding doch einfach weg!", schlug Sebastian wenig einfühlsam vor. „Okay, dann schreit sie vielleicht, aber irgendwann hört sie auch wieder auf!"

„Na du bist ja vielleicht einer!", widersprach Tamara vehement. „Das kann man doch nicht machen! Du könntest den Nuckel aber

in einem Loch, der Toilette oder dem Abfluss verschwinden lassen", schlug sie stattdessen vor. „Dann ist er ganz einfach weg und
sie kann ihn nicht zurückhaben. Und so wie du Mia beschrieben
hast, akzeptiert sie schon vor lauter Trotz keinen neuen Nuckel."

Robert wiegte zweifelnd den Kopf. „Ich weiß nicht, ihr habt
echt keine Ahnung, wie zickig Mia sein kann!"

„Und nachher ist es zu spät?", erkundigte sich nun Gerhard.
„Ich meine, du hast ja keine Nachtschicht!"

Robert nickte bedächtig. „Mein Bruder hat recht strenge Regeln
– Kinder, die noch nicht in die Schule gehen, haben um sieben im
Bett zu liegen, ohne Ausnahme. Ausnahmen verderben die Erzie-
hung, davon ist er überzeugt. Und ehrlich, der zieht das durch,
Mia liegt um sieben im Bett, garantiert!"

„Wow, das muss man erst mal schaffen!", stellte Margot anerkennend fest.

„Dann nimmst du ihr den Nuckel weg, während sie schläft und
ihr sagt ihr dann, das war die Nuckelfee, die ihn zurückgezaubert
hat!", mischte sich nun auch Lucy ein.

„Es gibt aber keine Nuckelfee!", konterte Ronny.

„Na und? Einen Weihnachtsmann gibt's doch auch nicht!", argu-
mentierte Lucy ziemlich clever. Süß, auf welche Einfälle die Kids so
alles kamen. Es wurde immer abenteuerlicher und am Ende verpass-
ten sie fast die Bescherung. Auf jeden Fall war die Zeit wie im Flug
vergangen. Es war längst nach acht, Mia schlief bestimmt schon
tief und fest, als die Nachtschicht eintrudelte, zwei Nonnen aus
der örtlichen Klosterschule übernahmen nicht nur die Gute-Nacht-
Geschichten an diesem Abend, sondern auch die Nachtwache.

„Das hat hier schon Tradition und die Schwestern sind echt
nett!", klärte Kevin Lucy auf, die recht skeptisch guckte. Bei der
Bescherung hatte sie eine hübsche Kette bekommen und sie fragte sich immer noch, wer ihr Geschenk gebastelt hatte. Denn die
Kinderheimtradition, so hatte ich gelernt, sah auch vor, dass jedes
Kind ein Geschenk für ein anderes bastelte, man aber nicht erfuhr,
für wen es war. Deshalb wusste auch keiner, außer derjenige, der
es gemacht hatte, von wem das eigene Geschenk war. Nun, ich
hätte Lucy sagen können, dass Tamara ihre Kette gebastelt hatte,

ich hatte ihr ja dabei zugesehen, doch ich behielt es für mich. Just in dem Moment, als ich mich auf den Weg hierher machen wollte, wurde auch Robert abgeholt. Völlig unerwartet für ihn, denn er wollte schon zur Straßenbahn laufen.

„Elisa?", wunderte er sich. Seine Verlobte, erkannte ich. „Was machst du denn hier?"

Sie stieg lachend aus und schwenkte einen merkwürdigen kleinen Gegenstand triumphierend hin und her.

„Ich hab es geschafft!", jubelte sie. „Sag nie wieder, dass ich kein perfekter Weihnachtsmann bin! Ich habe heute den Beweis erbracht, dass ich alles kann! Sogar Mia den Weihnachtsmann vorspielen, na ja genauer gesagt, die Vertretung des Weihnachtsmanns, der leider mit dir arbeiten gehen musste und deshalb mich geschickt hat. Und als Beweis, dass sie ihr Puppenhaus wirklich bekommen hat, musste sie mir den da geben!", lachte Elisa und schwenkte das Teil erneut übermütig hin und her.

„Sie hat dir den Nuckel gegeben? Ganz freiwillig?", fragte Robert fassungslos. Elisa kam aus dem Lachen gar nicht mehr heraus. „Mehr oder weniger. Sie hatte die Wahl – ohne Nuckel gab's kein Puppenhaus, darüber habe ich nicht verhandelt. Und da ich ja nur die Vertretung war, hatte ich da leider gar keine Spielräume. Also hat sie mir das Ding gegeben, denn dein Puppenhaus war am Ende viel reizvoller als so ein blöder, runtergekauter Nuckel. Weißt du, was sie mir dazu gesagt hat?"

Robert schüttelte den Kopf. Elisa lachte erneut auf. „Sie meinte, sie sei eh zu groß dafür! Und er wäre ohnehin kaputt!"

Nun lachten sie beide und ich machte mich beruhigt auf den Weg hierher. Ich bin sicher, Robert wird den Kids den Ausgang der Geschichte nicht vorenthalten!

***

„Dass die Geschichte so ausgeht, damit hätte ich jetzt nicht gerechnet!", gab ich zu und versuchte mir gerade vorzustellen, wie es wohl wäre, mit so vielen Kindern zusammenzuleben. So klein wie unser Lukas waren die ja nicht mehr. Ich staunte, wie ver-

nünftig sie sich verhielten, wie verantwortungsbewusst und wie
sie zusammenhielten!

„Wenn dieser Robert es den Kindern morgen erzählt, werden
sicher alle erleichtert sein!", stellte Mohrle fest und stupste mich
an. „Ich schätze, Molly, da kannst du dich auf was gefasst machen,
wenn Lukas genauso ein Kaliber ist wie die kleine Mia, von der
Troll gerade erzählt hat. Auf jeden Fall haben mich ihre Allüren
stark an ihn erinnert!"

„Aber er ist ja auch erst vierzehn Monate alt, bis er drei ist und
den Nuckel abgeben soll, dauert es noch. Und wer weiß, vielleicht
mag er ihn ja schon nächste Woche nicht mehr. Der ist da nicht so
festgelegt, der steckt alles Mögliche in den Mund."

Plötzlich hörte ich merkwürdige Geräusche.

„Menschen?", raunte mir Hugo zu. Wir verdrückten uns zwischen die Büsche und suchten mit den Augen die Gegend ab. Es
schien eine ganze Gruppe zu sein. Und sie teilten sich auf! Was
hatten die vor? Ich fokussierte meinen Blick auf die kleine Lichtung,
ja, jetzt sah ich sie! Es waren mindestens vier Personen, nein, fünf!

„Siehst du sie?", raunte mir Hugo zu.

„Ja!", fauchte ich zurück. „Sie sehen sich um, als ob sie etwas
vorhätten!"

Nun waren wir alle alarmiert, denn von Katzenfängern hatte jede
von uns schon gehört. Aber am Heiligen Abend hätte ich mit denen
nun am allerwenigsten gerechnet! Hatten die kein Zuhause?

Plötzlich kam Bewegung in die Truppe, von der ich bislang vornehmlich die Beine sah, sie waren einfach noch zu weit entfernt und vor
allem durch Äste und Zweige verdeckt. Doch mich aus der Deckung
trauen, nur um meine Neugier zu befriedigen? Auf gar keine Fall!

„Hallo, Trixi, wo bist du?", hörte ich einen Jungen rufen. Moment mal – Trixi?

„Hey, die suchen nach dir!", stellte Hugo im gleichen Moment
fest und stupste die Kleine an. „Das ist deine Familie, oder? Los,
zeig dich, geh auf sie zu und tue so, als ob du ganz zerknirscht bist!"

Trixi zögerte, und die Schritte kamen näher. Vielleicht, weil
Troll nun, ohne Trixis Bestätigung überhaupt abzuwarten, Richtung Weg lief und miaute.

„Das ist Blaujacke, der da ruft!", stellte Trixi leise fest.

„Der, der dich hat entwischen lassen?", fragte Mohrle.

„Ja", bestätigte Trixi.

„Er sucht nach dir, er hat sicher ein ganz schlechtes Gewissen, du bist immerhin das Weihnachtsgeschenk seiner Großmutter!", stellte Eddie die Sache klar. „Los, lauf ihm entgegen und du machst dir mit ihm einen Freund fürs Leben! Glaub mir, der passt beim nächsten Mal besser auf!"

Trixi zögerte noch – warum auch immer. „Jetzt aber weg mit dir!", fauchte ich sie an. Dieses kleine zögerliche Ding aber auch! Sie würde noch dafür sorgen, dass ihre Menschen wieder unverrichteter Dinge abzogen. Hugo und ich hatten hinterher den Schlamassel, als ob ich nicht schon selbst genug Schwierigkeiten hätte! „Lauf, hab ich gesagt!"

„Und wenn sie mich nie wieder rauslassen?", mauzte Trixi nun völlig verunsichert. Oh, diese kleine Katze aber auch! Nein, ich war leider nicht die geduldigste Katze, wirklich nicht. Meine Janina konnte ein Lied davon singen. Wie konnte man nur so feige sein?

„Das ist doch jetzt gar nicht wichtig, wenn du uns nie wieder siehst, geht die Welt auch nicht unter!", motzte ich sie an. „Es geht darum, dass du wieder nach Hause kommst, und zwar jetzt sofort! Deine Leute sind am Heiligen Abend durch die Gegend gezogen, um dich zu suchen! Verstehst du das überhaupt? Weißt du eigentlich, wie viel du jemandem bedeuten musst, damit er das für dich tut?"

Endlich, sie hatte verstanden! Flinker als ich es ihr zugetraut hätte, flitzte sie los, und ich traute mich mit Hugo auf die Mitte des Weges, schließlich wollte ich auch alles genau sehen.

„Hallo, hier bin ich!", miaute Trixi und lief direkt auf die Menschen zu. Der Junge mit der blauen Winterjacke wurde als Erster auf sie aufmerksam.

„Trixi!", rief er und rannte auf die Kleine zu. Dass die keine Panik bekam in dem Moment, war echt ein Wunder. „Oma Anni, Papa, Martin, Adele – guckt mal! Da ist sie ja!"

Nur Sekunden später war er bei ihr und hob sie ungestüm hoch. Oje, die Kleine wurde ganz schön durchgeschüttelt.

„Vorsichtig!", hörte ich die ältere Dame sagen. Dann griff sie nach Trixi. Hugo und ich trauten uns noch ein Stückchen näher ran.

„Da bist du ja!", strahlte sie und drückte Trixi sanft an sich. Das musste Anni sein, kein Zweifel, sie sah genauso aus, wie Trixi sie beschrieben hatte. „Wir haben uns solche Sorgen um dich gemacht!"

Ich sah Trixi auf ihrem Arm leise vor sich hin schnurren.

„Das Patenkind Adele ist viel größer, als ich es nach ihrer Erzählung angenommen hatte!", beschwerte sich Hugo.

„Nein, ich finde, die Kleine hat alle gut beschrieben, das sieht man doch, dass das die Adele ist! Und der Mann, das ist der Vater von den beiden Jungen. Den hätte ich mir irgendwie strenger vorgestellt!"

„Bei Zwillingsjungen in dem Alter kann er gar nicht streng genug sein!", brummte Eddie. „Ich mach mich dann bald nach Hause. Die Messe dauert ja sicher auch nicht mehr ewig!"

Wir schauten Trixi und ihrer Familie noch eine Weile hinterher und jede von uns hing ihren Gedanken nach. Meine kreisten vornehmlich um meinen Heimweg. Ärgerlich, das mit dem Baum, wirklich sehr ärgerlich!

„Hab ich was verpasst?" Kasimir riss uns alle aus unseren Gedanken. Trixi und ihre Menschen waren schon lange aus meinem Blickfeld verschwunden, dafür baut sich dieser freche, dickliche kleine Kater jetzt vor mir auf.

„Molly! Wir haben uns ja wirklich lange nicht gesehen!"

„Ja, und du kommst zu spät!", stellte ich fest. Doch Sonnenschein Kasimir ließ sich von meiner schroffen Art, mir war eben jetzt einfach nicht nach Späßen zumute, nicht abschrecken.

„Ihr glaubt gar nicht, was ich gerade erlebt habe!", strahlte er in die Runde. „Das Christkind wurde geboren!"

„Ja, schön, wissen wir schon!", stellte Hugo fest.

„Nein, könnt ihr gar nicht!", widersprach Kasimir atemlos. „Ihr wart nämlich nicht dabei! Im Gegensatz zu mir!"

Hugo stupste mich in die Seite, doch auch ich konnte mir keinen Reim auf Kasimirs Worte machen.

„Am besten, ich erzähle euch alles, ja?", schlug Kasimir vor. Und ehe jemand widersprechen konnte, fing er auch schon an.

Ein Christkind zu Heiligabend

Kasimir erzählt

Als Streuner komme ich viel herum. Und ich liebe es, auf der Straße in Freiheit zu leben! Ich gehöre definitiv nicht zu den Katzen, die gern ein festes Zuhause bei einer Familie haben wollen. Nein, ich bin unabhängig, mein ganzes Katzenleben schon, seitdem ich auf eigenen Pfoten stehen konnte. Doch bei aller Freiheitsliebe, mit Vorliebe verbringe ich meine Zeit bei den Jungs von der Feuerwache in meinem Viertel. Das sind harte Jungs, mit weichem Kern! Dazu kommt, dass die Feuerwache direkt an der Hauptstraße auf dem Weg zu meinem bevorzugten Nachtquartier liegt. Rechts und links, zwischen Fahrbahn und Fußweg, stehen alte, hohe Eichen, und die Häuser sind wohl fast genauso alt. Meine Bezugsperson und Lieblingsfeuerwehrmann war Dieter. Ein rauer, alter Kerl, der mit Riesenschritten auf seine Pensionierung zusteuerte. Er war auch der Chef, alle hörten auf sein Kommando. Na ja, zumindest meistens und auch nur auf der Feuerwache, denn daheim war seine Gisela der Boss, wie er immer betonte. Sie verpflegte ihn und die Jungs ganz ordentlich, und mich dazu. Ihr Heringssalat zu den Festivitäten war legendär. Für mich gab sie ihrem Dieter immer noch ein Extradöschen mit Fischstücken mit – lecker!

Doch seit dem Weihnachtsfest im letzten Jahr hatte ich noch einen ganz besonderen Fan – Sophie, die inzwischen fünfjährige Enkeltochter von Anton, Dieters bestem Freund und Kollegen. Sie hatte ihrem Opa und damit auch uns letztes Jahr einen ganz besonderen Weihnachtsbaum beschert. Einen, den kein anderer haben wollte, weil er nun wirklich seinem Namen keine Ehre machte, und den Elli, Antons Frau, deshalb auch nicht zu Gesicht kriegen sollte. Das bekam sie dann am Ende doch, weil Anton ein Bild von dem geschmückten Baum, sich selbst und mir

seiner Sophie voller Stolz präsentierte. Dass dieser Baum fast in
die Katastrophe geführt hätte, hatten die Jungs sicherheitshalber
aus ihrer Erinnerung gestrichen. Mir war das Chaos, weil das
blöde Ding wegen einer defekten Lichterkette fast abgebrannt
wäre, jedoch noch gut in Erinnerung. Immerhin war Sophie so
neugierig auf mich geworden, dass sie mich unbedingt kennenlernen wollte. Und weil Anton nun mal der liebste Opa überhaupt ist und natürlich der Kleinen schlichtweg keinen Wunsch
abschlagen konnte, durfte sie ihn am ersten Advent auf der Wache besuchen.

„Hallo, Onkel Dieter!", rief sie und marschierte stolz an der
Hand ihres Opas herein. Sie trug ein hübsches Mäntelchen, dessen
Taschen sich als wahre Futtergoldgrube erwiesen.

„Wo ist denn die Katze!", wollte sie wissen, als sie höflich, aber
sichtlich ungeduldig alle Kollegen begrüßt hatte.

„Kasimir sitzt immer im Aufenthaltsraum, da steht auch sein
Futternapf!", erklärte Dieter dem Mädchen. Na ja, was soll ich
sagen, sie kam schneller hochgestürmt, als die Jungs im Alarm-
fall unten waren! Und dann ging es so richtig los, das ganze Programm: Knuddelalarm! Ohne Scheu kam sie angelaufen, streichelte mich beherzt und ließ sich dann vor mir nieder, um mich von
allen Seiten zu beschmusen. Im Normalfall reichte es aus, wenn
sich ein Kind in meine Richtung in Bewegung setzte, damit meine
Fluchtreflexe aktiviert wurden, aber für Sophie machte ich eine
Ausnahme. Und sie dankte es mir mit unzähligen Leckerlis, die sie
aus ihren Taschen zauberte.

„Na, da ist wohl ihr ganzes Taschengeld dafür draufgegangen!",
witzelte Timo, ein junger Feuerwehrmann.

„Ach was, die kriegt doch noch gar keins!", lachte Anton und
sah uns zufrieden zu. Klar, Opa hatte mal wieder gepunktet, so viel
stand fest. Ich vermutete fast, dass er das ganze Zeug eigenhändig
gekauft hatte. Aber mir war es recht, ich ließ mich streicheln und
umarmen und am Ende zog sie sogar noch eine kleine Bürste aus
ihrer Tasche.

„Meine Puppen und Kuscheltiere kämme ich auch immer!",
verkündete sie und ich ahnte schon Schlimmes. Doch so furchtbar

fühlte sich das gar nicht an, es war zumindest gut auszuhalten. Als sie dann wieder ging, war sie jedenfalls sehr zufrieden und ich hatte wohl noch nie im Leben ein so aufgeplustertes Fell.

„Du siehst fast aus wie ein zerplatztes Sofakissen!", grinste Dieter. Und seine Jungs lachten. Beleidigt machte ich mich vom Acker und nach dem nächsten vorweihnachtlichen Regenguss war der Spuk auch wieder vorbei. Ohnehin konnte ich meinen Jungs nicht böse sein, außerdem lockten mich Giselas Leckereien recht schnell wieder in die Feuerwache. Wo ich doch ohnehin jeden Tag daran vorbeimarschierte.

Keine Frage, dass mich mein erster Weg also auch heute in die Feuerwache führte. Es war schließlich Heiligabend, da war immer viel los. Action und Spannung liebte ich sehr, für heimelige Familiennachmittage hatte ich jedenfalls nichts übrig, deshalb war ich auch in der Wache am besten Ort, an dem ich hätte sein können. Und ich wurde nicht enttäuscht. Adventskränze gingen schon seit Wochen in Flammen auf, so auch heute, und gern fing auch mal eine Gardine Feuer. Dann wurden meine Jungs zu einem Küchenbrand gerufen, unglaublich, was Menschen alles an solchen Feiertagen anstellten. Und warum es immer noch Leute gab, die ernsthaft dachten, dass wirklich rein gar nichts passieren konnte, wenn man drei Hunde und vier Kinder mit einem Weihnachtsbaum voller echter, brennender Kerzen allein ließ, erschloss sich mir gleich gar nicht. Dieter verstand bei solchen Aktionen jedenfalls keinen Spaß, im Gegenteil.

„Wenn man schon der Stimmung oder der Tradition wegen nicht auf echte Kerzen am Baum verzichten möchte, dann bitte nur unter Aufsicht anzünden und einen Eimer Wasser parat haben!", trichterte er allen ein, die es hören wollten. Oder die nicht schnell genug entkamen, wenn er zu einem seiner berüchtigten Brandschutzvorträge ansetzte. Ich jedenfalls tat dann so, als würde ich ihm aufmerksam folgen, während ich mich gründlich von vorn bis hinten putzte. Schließlich war ja Weihnachten, da schmiss sich selbst ein Straßenkater wie ich in Schale und tat sein Bestes, um gut auszusehen.

Am frühen Nachmittag begann die Frequenz der Einsätze zu steigen, schon bald herrschte reges Treiben, und ich hatte Mühe, den herumtrampelnden Füßen auszuweichen. Meinen Lieblingshocker, unter den ich gern flüchtete, wenn es hektisch wurde, hatte es kurz vor den Feiertagen erwischt! Der dicke Harry, seines Zeichens Hausmeister, Putzkraft und Automonteur in Personalunion, war draufgestiegen, um eine Glühlampe zu wechseln, und da hatten die dünnen, wackligen Beine nachgegeben. Harry nahm beim nächsten Mal bestimmt lieber die Leiter, denn er war ziemlich übel gefallen. Ein paar Prellungen hier und zwei Schürfwunden da, sonst war nichts weiter passiert. Außer, dass ich nun nicht mehr so richtig wusste, wohin mit mir, wenn der Alarm losging, so auch heute.

Es war schon nach acht, als zwei Löschzüge auf der immer glatter werdenden Straße versuchten, einander auszuweichen. Es sah ganz schön gefährlich aus. Ich wollte gerade zu euch in den Klostergarten kommen. Doch dieses Schauspiel konnte ich mir nicht entgehen lassen und blieb stehen. Einer der Löschzüge fuhr gerade los, der andere kam zurück, Dieter brüllte Kommandos. Sie waren schon fast aus der Gefahrenzone, als ein Krankenwagen mit Blaulicht um die Ecke gedonnert kam. Ob dessen Fahrer angesichts seines Notfalls die beiden rangierenden Löschzüge nicht gesehen hatte oder ob er auf der glatten Straße einfach nicht mehr rechtzeitig zum Stehen kam, konnte ich nicht erkennen. Es ging alles so wahnsinnig schnell! Es krachte und schepperte, der Krankenwagen drehte sich wie ein Brummkreisel um die eigene Achse und selbst Dieter verschlug es für einen Moment die Sprache. Mit schreckgeweiteten Augen sah ich zu, wie der Krankenwagen fast eine Straßenlaterne rammte, sich dann noch einmal drehte und mit der linken Seite an der Hauswand entlangschlitterte. Das Geräusch war einfach grauenhaft, besonders für meine empfindlichen Katzenohren! Er kam erst weiter hinten zum Stehen, und das auch nur, weil er unter einen der Löschzüge rutschte. Es rumpelte und schepperte, ich befürchtete schon das Schlimmste, doch nach ein paar unheilvollen Sekunden, öffnete sich die Tür und der Fahrer stieg sichtlich benommen aus. Einen Beifahrer gab es offenbar nicht, denn kaum draußen, wankte er nach hinten.

„Doktor? Doktor?", rief er, ihm versagte fast die Stimme und er schwankte gefährlich. Nun setzten sich auch die Jungs von der Feuerwehr in Bewegung, unzählige Füße trampelten in eine Richtung und ich rettete mich mit einem beherzten Sprung auf einen der Bäume.

„Schnell, helfen Sie mir, der Doktor und eine Patientin sind hinten drin!", rief der Fahrer. Sein Gesicht drückte blanke Panik aus.

„Sind Sie verletzt?", bestürmte Dieter ihn jedoch zuerst und deutete auf sein Gesicht. Richtig, nun sah ich es auch, der junge Mann blutete ja!

„Mir geht's gut, wir müssen die Tür aufkriegen, die Frau hat Wehen, sie muss ins Krankenhaus!", sagte er hastig. Anton jedoch hatte schon sein Handy am Ohr. „Ein Rettungswagen kommt!", rief er Dieter und dem jungen Fahrer zu. Dieter ging beiseite und zog den Jungen mit sich.

„Tobias Kleinschmidt, Rettungssanitäter und heute auch Fahrer!", stellte sich dieser vor. „Haben Sie nicht gehört, die Frau hat Wehen! Sie kriegt ein Kind. Jetzt!"

„Ja, hab ich gehört, wir sehen doch schon nach ihr, aber Sie sind verletzt, kommen Sie, setzen Sie sich mal! Jonas!", rief er einen unserer jüngsten Kollegen herbei.

„Behalte den Fahrer mal im Auge, ich sehe, was mit der Tür ist!"

Nun wagte ich mich auch von meinem Baum wieder herab, denn so richtig viel erkennen konnte ich von hier aus nicht mehr. Mit einem galanten Satz sprang ich diesem Tobias vor die Füße. Ich hatte Dieter mal sagen hören, dass in Schreckmomenten Menschen sich durch die Anwesenheit eines Tieres beruhigen lassen. Nun, damit meinte er sicher Tiere wie mich, denn ob die Anwesenheit einer Klapperschlange Tobias Kleinschmidt wirklich beruhigt hätte oder die einer parasitenbefallenen Ratte, bezweifelte ich ernsthaft. Und ob das für jeden zutraf, wusste ich natürlich auch nicht. Aber der junge Mann war so durch den Wind, dass ich es auf einen Versuch ankommen ließ. Es dauerte tatsächlich keine zwei Sekunden, da fand seine Hand automatisch mein Fell. Der demolierte Krankenwagen lag ein ganzes

Stück weg von uns, deshalb hörte ich nur leises Stöhnen. Oje, das klang gar nicht gut.

„Die Frau kriegt ein Kind, die Wehen kamen regelmäßig, der Doktor hatte keinen Zweifel, dass wir es locker bis ins Krankenhaus schaffen würden!", sagte Tobias. Zu Jonas? Oder zu sich selbst? Das war nicht ganz klar. Ich löste mich von seiner Hand und beschloss nachzusehen. Was dauerte denn da eigentlich so lange? Aus der Ferne hörte ich eine weitere Sirene näher kommen.

„Wir sind in Ordnung!", vernahm ich eine Stimme aus dem Inneren des Wagens. „Nur durchgeschüttelt und ein bisschen schwindelig, sonst ist uns tatsächlich nichts passiert!"

„Mann, die hatten aber Glück!", rutschte es Anton raus.

Dieter nickte bestätigend. „Ja, das hätte verdammt dumm ausgehen können. Aber an Weihnachten gibt's ja immer mal wieder ein Wunder, das wäre dann das für dieses Jahr!"

„Doktor, bleiben Sie ganz ruhig da drin, wir tun unser Bestes, um Sie und die werdende Mama ganz schnell rauszuholen!", rief Dieter dem Arzt zu.

„Mist, die Tür ist verklemmt, geht nicht auf!", stöhnte einer der Jungs im gleichen Moment.

Dann war auch schon der zweite Notarzt da und mit ihm ein weiterer Rettungswagen.

„Am besten übernehmt ihr erst mal den Fahrer, dem geht's so weit gut. Er sitzt da drüben!", informierte ihn Dieter, während er ein paar Leute losschickte, um schweres Gerät zu holen.

„Die Tür ist verklemmt, Doc, aber keine Panik. Sie sind hier in den allerbesten Händen, direkt vor der Feuerwache. Wir haben alles da, es geht gleich los!", hielt er den Arzt auf dem Laufenden.

„Es wäre gut, wenn es schnell ginge!", antwortete ihm der Arzt. Im gleichen Moment hörte ich eine Frau stöhnen. Oje, sie kriegte ein Baby, hier und jetzt! Das hatte sie sich bestimmt auch anders vorgestellt!

Dann quietschten plötzlich wieder Reifen, ein Polizeiwagen. Aus der hinteren Tür sprang ein junger Mann, der sichtlich aufgelöst war.

„Meine Frau ist da drin!", rief er immer wieder. „Ich muss zu ihr, unser Baby kommt doch! Schatz, bist du verletzt? Wie geht es dir?" Er schrie alles durcheinander, ein Wunder, dass sich überhaupt jemand angesprochen fühlte. Es war Anton, der ihn abfing.

„Das kommt alles wieder in Ordnung!", sagte er väterlich und legte seinen Arm um den jungen Mann. „Ihrer Frau geht's den Umständen entsprechend, der Arzt ist bei ihr, und wenn wir den Jungs nicht im Weg rumstehen, kriegen die auch gleich die Tür auf", erklärte er ihm ganz ruhig. Dann zeigte er auf den bereitstehenden Krankenwagen. „Hier, der steht schon parat, sobald es möglich ist, laden wir sie um und dann geht's ab in den Kreißsaal!"

„Aber die Wehen kamen vorhin doch schon alle paar Minuten, fast ohne Pause!", warf der werdende Vater ein. Er war wirklich sehr nervös. Anton nickte bedächtig.

„Der Doktor da drin ist auf alles vorbereitet. Es kann Ihrer Frau gar nichts passieren. Ich bin übrigens der Anton!"

Seine kumpelhafte, ruhige Art wirkte immer, so auch jetzt. Der junge Mann beruhigte sich etwas. „Angenehm, Samuel Schmidt. Es ist unser erstes Kind. Und der Geburtstermin wäre eigentlich erst nach Weihnachten, am 27. Dezember. Aber nun kommt es heute!"

„Es will eben ein richtiges Christkind sein!", schmunzelte Anton und klopfte dem werdenden Vater auf die Schulter.

Ich hörte die Frau wieder aufstöhnen.

„Wir schaffen es nicht mehr in die Klinik, auch wenn ihr die Tür sofort öffnet!", hielt uns der Arzt aus dem versperrten Krankenwagen auf dem Laufenden.

Nun stand Samuel die blanke Panik ins Gesicht geschrieben.

„Okay, wie sind Sie hergekommen?", fragte Anton ihn und sah ihm fest ins Gesicht. „Schnell, erzählen Sie!"

Blöde Frage, mit dem Polizeiauto! Doch als Samuel Schmidt anfing, Anton zu erzählen, wie er mit seinem Wagen hinterhergefahren und dann aber vor lauter Aufregung falsch abgebogen war, verstand ich, warum er das gefragt hatte: als Ablenkungsmanöver, genial!

„Ich bin dann zum Krankenhaus gefahren, dort habe ich gehört, dass ein Krankenwagen mit einer schwangeren Frau verunglückt ist, und ich habe die Polizei angerufen. Die haben mich dann hergebracht, weil sie meinten, ich solle nicht selber fahren. Wusste ja keiner, wie schwer Luisa verletzt ist!"

„Sie ist nicht verletzt, sie bekommt nur ein Baby!", beruhigte ihn Anton.

Plötzlich winkte Dieter ihm zu. Anton verstand. „Kommen Sie, lassen Sie uns mal rübergehen, ich glaube, es ist so weit!"

Das war es auch. Aber noch waren die Jungs mit der Tür beschäftigt.

„Die Fahrertür!", rief ihnen der Sanitäter zu. „Klettern Sie durch die Fahrertür rein, dann sind Sie wenigstens irgendwie dabei!"

Der junge Vater ließ sich das nicht zwei Mal sagen. Mit einer Schnelligkeit, die ich ihm in seinem Zustand nicht zugetraut hätte, sprang er in den demolierten Krankenwagen und beugte sich so weit hinter wie möglich.

„Ich bin hier!", rief er dabei immer wieder ganz laut. Alle konnten es deutlich hören, sicher auch seine Frau, die nun kaum noch stöhnte. Ich schlich näher ran. Ich huschte zwischen Löschzug und Krankenwagen, für mich gar kein Problem, ich konnte mich fast überall durchzwängen, und erhaschte nun endlich einen Blick in den Krankenwagen. Es war unvorstellbar, aber ich wurde tatsächlich Zeuge, wie das kleine Christkind geboren wurde!

„Es ist ein Mädchen!", rief irgendwann Samuel Schmidt verzückt. Noch kam er nicht wirklich ran an seine Frau und die neugeborene Tochter, doch er strahlte übers ganze Gesicht. Und die Jungs hielten kurz inne und freuten sich mit ihm.

Dann sah ich zu, wie sich der Doktor um Mutter und Kind kümmerte, während die Jungs draußen endlich die verbeulte Tür öffnen konnten. Mit einem Satz sprang Samuel vom Fahrersitz auf nach hinten, schneller hätte selbst ich das nicht hinbekommen, und nahm dann seine Frau und seine Tochter in Empfang.

„Ist sie nicht wunderschön!", hauchte Luisa. Angesichts dessen, was sie gerade durchgemacht hatte, sah sie phantastisch aus. Vor allem dieses Strahlen auf ihrem Gesicht war unbeschreiblich. Alle gratulierten dem jungen Elternpaar. Die Mutter und ihre Kleine wurden in viele Decken gehüllt und in den bereitstehenden Krankenwagen umgeladen.

„Na, vierzig Minuten, gar nicht mal so schlecht!", stellte Dieter mit Blick auf die Uhr zufrieden fest. Mir war es viel, viel länger vorgekommen, den Eltern sicher auch. Doch die beiden hatten nun nur noch Blicke füreinander und für ihre kleine Tochter.

„Wie soll sie denn heißen?", fragte Anton neugierig.

„Maria!", hauchte die glückliche Mutter. „Sie heißt Maria!"

„Ein wunderschöner Name für ein Christkind!", sagte Anton mit belegter Stimme. „Ein wirklich schöner Name!"

„Ja, sie ist unser Wunschkind!", flüsterte sie und konnte ihren Blick nicht von dem kleinen Bündel in ihren Armen abwenden. „Wir haben uns schon so lange ein Kind gewünscht, wir sind ja schon seit fünf Jahren verheiratet, aber bisher hat es einfach nicht geklappt. Erst als wir im Frühjahr beschlossen hatten, uns von unserem Traum vom eigenen Kind zu verabschieden und vielleicht eine Adoption in Betracht zu ziehen, wurde ich plötzlich schwanger!"

„Ja", bestätigte Samuel Schmidt und wischte sich unauffällig eine Träne von der Wange. „Wir konnten es kaum glauben!", und die junge Mutter strich der Kleinen zärtlich über das winzige Gesicht. Ihr Glück stand ihr buchstäblich ins Gesicht geschrieben.

„Ihr habt uns gerettet!", sagte der Vater plötzlich und erneut liefen Tränen über sein Gesicht. Auf einmal fiel er Anton um den Hals.

„Danke, ohne Sie wäre ich durchgedreht! Ich mach das wieder gut, sobald das Gröbste überstanden ist, kommen wir vorbei und bedanken uns noch mal richtig, ja?"

Anton war sichtlich gerührt. „Das ist doch nicht nötig!", brummte er. „Wir haben doch nur unsere Arbeit gemacht!"

Das stimmte zweifellos, trotzdem war allen klar, dass es eben an diesem Abend doch keine Arbeit wie jede andere war. Sie hatten einem echten Christkind auf die Welt geholfen, wer konnte das schon von sich behaupten? Und alle ahnten wohl, dass so etwas nur einmal im Leben passierte.

Dann schlossen sich die Türen des Rettungswagens. Alle Feuerwehrkumpel stellten sich in Reih und Glied auf, um ihnen hinterher zu winken.

„Mann, war das ein Heiliger Abend!", murmelte Dieter. „Wer hätte das gedacht? Dass wir noch mal zu Geburtshelfern mutieren und das direkt vor unserer eigenen Wache!"

„Ja, man weiß eben nie, was das Leben so bereithält!", sinnierte Anton. „Aber es ist gut ausgegangen, und das ist doch das Wichtigste!"

Dem gab es nichts hinzuzufügen.

„Mann, sieht's hier aus!", stöhnte Ludwig und wies auf das Chaos um den demolierten Krankenwagen herum. „Da haben wir noch ordentlich zu tun!"

„Stimmt!", tönte Dieter und rief die Jungs zusammen. „Los, fangen wir an, sonst sind wir damit noch die halbe Nacht beschäftigt. Und so langsam würde ich auch gern mal Giselas Heringssalat essen!"

Da ich im Gegensatz zu den Jungs meine Fischhäppchen bereits verspeist hatte, machte ich mich schnell auf den Weg. Beim Aufräumen zuzusehen war gar nicht spannend. Außerdem wollte ich ja noch zu euch in den Klostergarten, und ich dachte mir schon, dass ihr auf mich wartet und euch ärgert, weil ich – wie letztes Jahr – wieder zu spät komme. Aber dafür hatte ich ja auch ein ganz besonderes Erlebnis heute!

* * *

Als Kasimir seine Geschichte beendet hatte, war ich ganz gerührt. Ein Baby, zu Weihnachten, wie süß! Ich kam gar nicht umhin, sofort an unseren Lukas zu denken. Mein kleiner Nervzwerg lag sicher längst in seinem Bettchen und schlief. Oder schrie und hielt damit alle auf Trab, je nachdem. Ich vermisste ihn auf einmal ganz fürchterlich, und ich konnte mir gar nicht mehr vorstellen, dass es mal eine Zeit gegeben hatte, wo ich ihn am liebsten wieder losgeworden wäre. Er war nicht nur Janinas und Alexanders Goldstück, sondern inzwischen auch meins.

„Ich will jetzt auch nach Hause!", mauzte ich Hugo zu. „Ich muss mir noch überlegen, wie ich heimkomme! Eine Katzenklappe in der Haustür unten gibt's ja leider nicht."

Kasimir verstand nicht, wovon ich sprach. „Hast du was angestellt?", wollte er wissen. Schnell setzte ich ihn ins Bild. „Ein abgebrochener Ast? Das ist wirklich blöd!", stellte er unnötigerweise fest. „Versuch doch einfach, über einen anderen Ast auf den Nachbarbalkon zu klettern und von dort aus auf euren!", schlug er vor. „Oder nimm einen anderen Baum, spring von dort aus auf den vor deinem Balkon und sieh zu, dass du eine Etage höher landest. Dann kannst du vom oberen Balkon auf den unteren springen!"

„Ich bin doch keine Zirkuskatze!", protestierte ich. Das hörte sich reichlich halsbrecherisch an. Wo ich doch schon froh war, dieses eine Klettermanöver zu beherrschen. Ich war schließlich eine verwöhnte Wohnungskatze, die nur manchmal vor die Tür ging. Und auch nur bei schönem Wetter. Weihnachten war die Ausnahme. Und Mut gehörte auch nicht zu meinen hervorstechendsten Charaktereigenschaften. Jeder, der mich kannte, wusste, dass ich bei Gewittern immer die Erste war, die sich unters Sofa verkroch.

„Wir machen das schon, ich helfe Molly!", zeigte sich Hugo wie immer als Kavalier. „Notfalls bleibe ich mit ihr die ganze Nacht vor der Tür unten sitzen, bis jemand aufmacht und sie ins Haus kann." Hugo war wirklich der beste Freund, den ich mir wünschen konnte, er ließ mich einfach nie im Stich.

„Danke!", sagte ich. „Wenn ich dich nicht hätte, wäre ich wirklich verloren."

„Klar, wozu sind Freunde denn sonst da!", bekräftigte Mohrle und erhob sich schwerfällig. Ebenso wie Eddie, der auch schon die Pfoten streckte.

„Ich mach mich auch los. Man sieht sich!", verabschiedete er sich. Kasimir machte sich ebenfalls auf den Weg. Auch Troll marschierte los. „Bis bald!", rief er uns zu, bevor er im Gebüsch verschwand. Nur Mohrle war noch da, und wir verabschiedeten uns ausgiebig. Zärtlich gab sie mir noch mal Köpfchen, dann machten wir uns auch auf den Heimweg. Doch je näher wir meinem Zuhause kamen, desto nervöser wurde ich.

„Trixi schläft heute die erste Nacht bei ihrer Anni!", sagte Hugo, um mich auf andere Gedanken zu bringen. „Ich kann mich noch gut an meine erste Nacht bei Daniel erinnern. Ich habe damals erst mal die ganze Wohnung inspiziert!"

„Ich kann mich gar nicht mehr an meine erste Nacht bei Janina erinnern!", gab ich zu. „Ich war ein Katzenbaby, viel kleiner als Trixi, und Janina musste mich mit der Flasche aufziehen. Deshalb war ich ja ihr Ein und Alles, bis Lukas kam!"

„Und nun ist der Kleine dein größter Fan!", behauptete Hugo. Und ich gab ihm recht, ja, Lukas und ich waren wirklich richtig gute Freunde geworden. Und das mit dem Erziehen würde ich auch noch hinkriegen. Irgendwann würde er auf mich hören, nahm ich mir vor. Doch das setzte natürlich voraus, dass ich erst mal auf diesen verflixten Balkon kam.

„Hier irgendwo wohnt Trixi jetzt!", riss mich Hugo aus meinen Gedanken. Wir kamen gerade an dem Gebüsch vorbei, aus dem wir die Kleine vor ein paar Stunden gelockt hatten. War es wirklich erst ein paar Stunden her? Es kam mir vor, als würde ich sie schon ewig kennen!

„Ob wir sie je wiedersehen?", fragte ich.

„Keine Ahnung!", gab Hugo zu. „Aber ich werde die Augen offen halten, versprochen. Und wenn ich etwas höre oder sehe, berichte ich es dir sofort!"

Dann waren wir auch schon da. So weit war es gar nicht vom Klostergarten bis zu unserem Wohnhaus. Die Kastanie stand düster und einsam vor dem Haus und ich sah auch den Ast, der mit mir zu Boden gegangen war. Der musste völlig morsch gewesen sein! Hugo sah sich suchend um, während ich noch jeden Blick nach oben vermied. Plötzlich stupste er mich an.

„Guck mal, Molly, was ist denn das?" Aufgeregt zeigte er nach oben. „So was habe ich ja noch nie gesehen!"

Ich auch nicht und im ersten Moment konnte ich mir auch keinen Reim darauf machen. Mit einem Satz sprang Hugo auf die Kastanie. Bis zu dem merkwürdigen Ding, das wir von unten gesehen haben, waren es nur wenige Katzensprünge. Als ich näher kam, erkannte ich das Ding.

„Janinas altes Bügelbrett!", rief ich erstaunt.

„Ja!", stellte Hugo begeistert fest. „Und jemand hat es genauso über das Geländer geschoben, dass es auf dem dicken Ast dort aufliegt. Es ist praktisch eine Brücke für dich, Molly. Du kannst direkt auf deinen Balkon spazieren, das ist echt genial! Wer sich das wohl ausgedacht hat?"

„Alexander!", wisperte ich. „Er hat das Brett vor ein paar Wochen in den Keller gebracht, weil Janina ein neues gekauft hat!"

„Sie müssen gemerkt haben, was passiert ist!", sagte Hugo anerkennend. „Und sie haben das Problem für dich gelöst. Molly, deine Menschen sind eben echt Klasse."

„Mach's gut!", verabschiedete ich mich von Hugo. Dann setzte ich ganz vorsichtig eine Pfote vor die andere und überquerte langsam die Brücke, die mir meine Menschen gebaut hatten. Kein Zweifel, auf solche Einfälle kam nur Alexander. Als ich endlich auf dem Balkon gelandet war, sicher und ziemlich müde, war ich unendlich erleichtert. Vor allem, als ich bemerkte, dass sich meine Katzenklappe von außen wirklich problemlos öffnen ließ. Kaum drin, sah ich sofort, dass in meinem Körbchen eine Weihnachtsüberraschung auf mich wartete: ein kleiner roter Wollball! Ehe ich es mir gemütlich machte, tigerte ich noch kurz ins Kinderzimmer zu Lukas. Und zu meiner großen Überraschung schlief unser kleiner Zwerg gar nicht, er hatte die Augen ganz weit offen und begann zu strahlen, als er mich sah! Voller Wiedersehensfreude mauzte ich ihm liebevoll zu. Und was tat Lukas? Er redete mit mir! „Molly!", brabbelte er. Ich war mir ganz sicher, ihn richtig verstanden zu haben.

„Gute Nacht, Lukas!", mauzte ich. „Ich hab dich auch lieb!"

Dann zog es mich in mein Körbchen, so müde war ich. Was für ein Tag das doch war! Und was für ein Glück ich hatte, bei so wundervollen Menschen das beste Zuhause überhaupt gefunden zu haben! Ich war die glücklichste Katze der Welt – und mit diesem Gedanken schlief ich ein.